恋人は抱き枕

葉山なつ

幻冬舎ルチル文庫

CONTENTS ✦目次✦

恋人は抱き枕

✦カバーデザイン＝chiaki-k（コガモデザイン）
✦ブックデザイン＝まるか工房

イラスト・麻々原絵里依✦

恋人は抱き枕

プロローグ

穂高稜《ほたかりょう》の朝は、出勤前のゴミ出しから始まる。

ゲーム会社のプログラマーという職業柄、出社が午前十一時なので、朝八時半までのゴミ出しの時間はいつもギリギリになりがちだ。

閑静な住宅街の中にあるアパートは、住み心地は悪くないがゴミ出しや玄関前の掃除には厳しく、独身男性にはゴミ出し一つとってもハードルが高い。今日も寝坊したら時計は九時半を過ぎていた。

「よかった、まだ回収きてない」

特に今日はペットボトルの日、暑い真夏に二週間分ためてしまったゴミ袋を持って、間に合ったことにホッと一息ついていると、視界の片隅にどうしても目に入ってしまうものがあった。

それは二日前の月曜日からずっとそこにある。

「回収できません」のシールを無残にも顔に貼られたまま、ゴミ捨て場の片隅に立てかけてあった。

いわゆる等身大の抱き枕だ。

美形なのであろう茶色い髪の男性キャラがパジャマを着て優しく微笑《ほほえ》み、両手を広げている。

「女の子用って上品だよな、やっぱり」

職場に置いてある雑誌で見慣れた男性用の抱き枕は、さすがにこんなところに放置されたら通報されそうなものが多いが、これは見た目の柔らかさも手伝ってか、シールを貼られてから三日、ずっとそこにある。

「かわいそうに……」

こういうものは、中身を抜いて布だけにして燃えるゴミに出す。中には恥ずかしい絵を見られたくないからと、キャラクター部分を小さく切る人もいるという。

この手のキャラクター商品の話題は職場環境的に無駄に詳しくなってしまったが、その話を聞いたとき、なんてかわいそうなことをするのかと憤慨したのは穂高一人で、他の同僚からは、布団として粗大ゴミに出したって末路は一緒だろうと一蹴されてしまった。

そういう意味では、これを捨てた女の子は、優しかったのかもしれない。切るに忍びなく、しかし布団として粗大ゴミでは家族バレしてしまうし、と悩んだ結果、ここに置いていくしかなかった、とか。

そこまで考えて、自分が遅刻寸前だったことを思い出した。

今日も快晴で、蟬《せみ》がうるさく鳴いている。世間はお盆だが、自分の会社には関係ない。しかし電車がすいているのは正直助かる。汗だくになって駅まで走っても、電車で涼めるからよしとして、穂高は慌てて駅に向かって走り出した。


翌日。

今日はビンとカンの日だ。週末友人が来て、大量のワインと缶ビールを消費していったので、今日も何がなんでも間に合わせなくてはいけない。

寝ていたら、回収車のガシャガシャとビンとカンを盛大に壊しながら入れていく音で目がさめた。

「やばっ」

一つ前の場所からこちらにくるまで一分弱。穂高はパジャマのまま、サンダルを履いてゴミ捨て場まで走っていく。

「暑い中、お疲れさまです。いつもありがとうございます」

今にも立ち去ろうとしていた収集車の人になんとか手渡すと、斜めになっていた網をきちんと直そうとしたところで。

今日もやっぱりそこにいる彼が気になってしまう。

すべてが持ち去られ、ガランとしたゴミ捨て場で、彼はシールで目隠しされても、優しく微笑んだまま、一人佇《たたず》んでいる。

いや、抱き枕に佇むという表現もどうかと思うが、回収できませんシールを呪《のろ》いのお札のように顔に貼られた彼と会うのはもう四日目だ。さすがに気になるを通り越して、情が移り始めた。

網を直す前に、そっと手を伸ばして触れてみた。

幸いずっと快晴続きで、雨に濡《ぬ》れることもなかったので、よく陽に干された布団のようにふかふかだった。

ゴミ捨て場も清潔なので、どこも汚れていない。

ためしに裏返してみると、やはり上品なコンセプトらしく、後ろもきっちりパジャマで隠れていた。

「よかった、ケツ丸出しとかだったら、俺ヘンタイになるとこだった」

誰にともなくつぶやきながら、取れかけていた顔のシールをはがす。

出てきた顔はやはりというか美形で綺麗《きれい》だった。

「ああ、君のキャラデザしたレーターさん、あの人だったのか。知っているよ、流行《はやり》の乙女ゲーだよね」

もう廃《すた》れているどころか、これからアニメにもなるというキャラクターだった。これなら、もしかしたら誰か拾ってくれるかもしれない。

そんな可能性は限りなくゼロなのはわかっている。連れて帰れない野良猫に傘だけ差し出すのと同じようなものだ。しかし情が移ってしまったものは仕方ない。

胸のところにシールを貼り直し、穂高はゴミ捨て場を後にした。


「今日、夕方から雨降るってよ」

「え。マジ？　俺傘ねえわ」

「いっそ泊まれよ。寝るな。おまえのとこ進捗《しんちょく》遅すぎ」

お決まりの会話、いつもなら聞きながすところだが、今日ばかりはそういうわけにいかなかった。

「え？　雨？　ひどいの？」

「さあ、天気予報じゃ明日までもつって話だったけど、夕方からやばいらしいよ」

「…………」

たかが雨に深刻な表情で黙ってしまった穂高を、隣の席の五竜大介《ごりゅうだいすけ》が不審そうに見ている。

「どうしたんだよ、穂高。デート……のわけないから、布団でも干しっぱなしにしてきたか？」

「あ、いやその、違うけど……、いや違くない。そう、それそれ。布団出しっぱなしだわ。ごめん、僕ちょっと今日帰る」

「えー、穂高さん、今日こっちのデバッグ手伝ってくれるはずじゃ」

「ああ、ごめん、ちょっと、ほんとに急な用事があって」

「おい、なんでおまえのチームのデバッグを穂高にやらせんだよ。穂高、おまえも頼まれたらなんでもほいほい請け負いすぎ。ああ、谷川《たにかわ》さんには俺から言っといてやるよ。風邪かなんかってことにして」

五竜が助け舟を出してくれた。

「ありがとう、五竜、またワイン用意しとくから！　剣《つるぎ》君もごめんね、来週手伝うよ」

そして穂高は傘も持たずに会社を飛び出した。


——お天気、もちますように。

そんな穂高の願いもむなしく、会社を出たらすぐに雨が降り始めた。

今朝までふかふかだったあの抱き枕が、ゴミ捨て場で雨に濡れていることを思うといてもたってもいられなくなったのだ。

自分でもたかが抱き枕に、と思うのだが、穂高はどうしても人形やぬいぐるみが捨てられるのに抵抗がある。小さいときのちょっとしたトラウマのせいだ。

穂高がゴミ捨て場についたときには、彼は朝、穂高が立てかけた場所で、ずぶ濡れになっていた。胸のシールはとれかけ、無残にも濡れた重みで半分に折れかけている。

明日は金曜日で燃えるゴミの日だ。このまま一晩雨に打たれ続け、びしょ濡れになった抱き枕は、雨の夏の生ゴミの異臭にまみれ、ゴミ当番の人が仕方なく引き取り、来週にはきっちり分別——つまり切り裂かれて燃えるゴミに出されるだろう。

過酷な運命を知るはずもない抱き枕の青年は、やはり優しく微笑んでいる。

また目が合ってしまった。

「俺は腰痛持ち、別に男の抱き枕だし、あくまで腰痛用の抱き枕。うん、そうだ。使えばいいんだ。抱き枕って買うと案外高いし」

もはや誰に言い訳しているのか、穂高は抱き枕をつかむと、意を決して走り出す。

願ったことは唯《ただ》一つ。

どうかご近所さんに会いませんように——。

その夜、穂高は奇妙な夢を見た。

抱き枕を洗濯機で洗い、そのまま浴室に干した。

男の抱き枕を持って帰るという行動が、予想以上に精神の疲れをもたらしたのか、はたまた一週間分の残業の疲れのせいか、八時前には爆睡していたはずだ。

しかし、雨音もやんだ朝方。

「なあ、ずぶ濡れで寒い。着替えもないし」

そう言って、抱き枕そっくりの美青年が、穂高の布団に入ってくる。

しかも、全裸で。

——え、なに？　どういうこと？　夢とはいえ、俺、ヤバくね？

完全に覚醒することもできず、不審な全裸の男にとまどっていると、

「せまいな、このベッド。おまえもデカすぎんだよ」

全裸の美形は乱暴に穂高を突き飛ばしてくる。

しかし細身の美形、腕力はないのか、１８０センチを超える大柄の穂高を無理にベッドから落とすのに難儀している。

諦《あきら》めたのか、抱き枕だったはずの彼は、穂高の布団にもぐりこんでいた。

全裸で。

全力で気持ち悪いはずなのだが、さすが今をときめく美形キャラの擬人化の力か、現実味がないほど綺麗な男で、「気持ち悪いんだよ！」と突き飛ばすほどではなかった。

——まあ、いいか、夢だし。

いつも午前様でこんなに早く帰ったのは久しぶり、夢よりまずは睡眠だ。

穂高は盛大に再びいびきをかき始めた。

目が覚めると、抱き枕はなぜか風呂場からベッドの下に移動していた。

「んー、俺、よっぽど気になってたのかな？」

寝ぼけて自分が持ってきたのだろうと結論づけると、生乾きの抱き枕をベランダに出す。

雨の次の日は、気持ちいいほど雲ひとつない快晴だ。

これなら出掛けに窓際に置いておけば完璧に乾くだろう。

早く寝たおかげか、今日は早起きできた。

たまった一週間分の洗濯物も一緒に干して、軽く部屋を掃除すると、八時にはゴミ出しに行った。

夏の生ゴミの日はさすがに臭う。ずぶ濡れの彼があのままここにいなくて良かったと、ほっと胸をなでおろす。

四日間顔を合わせていた彼はもういない。

それだけでさらに清々《すがすが》しい気分になった。

かわりに自分の部屋にいるという、他人から見たら、アラサー男としてわけのわからない状況になっているのだが、誰に見せるわけでなし、とあまり細かいことは気にしていなかった。穂高は少しお間抜け、もといおおらかな性格なのである。

穂高は意気揚々と出勤した。


その日の夜。事件は起こった。

夜十一時ごろ帰宅し、ドアを開けるとなぜか部屋の電気がついていた。消し忘れたのかと思い、家に入ると、見知らぬ男がテレビを見ていた。

その男は、自宅に入り込んだ不審者にもかかわらず、見ほれてしまうほど綺麗で、そんなに綺麗な青年が、自分のくたくたのTシャツを着て、あぐらをかいて麦茶を飲んでくつろいでいるさまは、怪しいを通り越してシュールだ。

部屋の前で呆然《ぼうぜん》と立ち尽くしていること数十秒、フリーズしていた思考回路がようやくゆっくりと再び動き始めた。

「あの、君、誰？　どうして僕の部屋に……」

「へっくっしょん」

穂高の言葉に重なって盛大なくしゃみが鳴り響いた。

「ああ、くそ、やっぱり風邪引いたか。おい、あんたのせいだぞ」

鼻をすすりながら青年は、恨みがましく穂高を見た。

「え？　え？」

青年の第一声の意味がまるでわからない。なぜ不法侵入した不審人物に責められているのか。

「なあ、腹減ったんだけど。冷蔵庫はほとんど空っぽでなにもないし、あんた何か買ってきてくれよ」

青年は腹をなでて、当然のように要求してくる。その姿があまりにも自然なので、ついうなずいてしまった。

「あ、うん。すぐに買ってくる。何か好き嫌いある？」

「このさい贅沢は言わない。コンビニの弁当でいいよ。その代わり早く買ってきて。ダッシュで」

「う、うん。じゃあちょっと待ってて」

穂高は部屋を出るとドアを閉めて、鍵をかけて、アパートを離れて、近所にある二件のコンビニの弁当のどちらが美味《おい》しいか検討し、風邪を引いているらしいので他に体によさそうなものをと考えて、ゴミ捨て場の前を通りかかったとき、はたと足が止まった。

そもそもあの青年は誰で、なぜ家にいてくつろいで、さも当然のように食事を要求してきて、なぜ自分はそれに応えているのか。

「なんでえええ！」

道路の真ん中で我に返り思わず叫んでしまった。

ちょうど通りかかった女性が不審者を見る目を向けながら、穂高を大きく迂回《うかい》するようにすれ違った。

1

俺が初めて見た外の景色は、月明かりに照らされた夜の街だった。

明るく輝いている満月。月ってこんなに明るかったのか。

ようやく昼の暑さが抜け切った、涼しい夜風。

昼間あれだけうるさい蟬も、夕方に鳴き始める少し気の早い虫の音も、朝の小鳥のさえずりもない、もちろん車の音なんて皆無の、真夏の午前二時。

誰も通らない住宅街の中を、俺を抱いた女の子が泣きながら歩く。

「星月君《あかり》、ごめんね。本当にごめんね」

君は悪くないよ。俺を大事にしてくれたし、本物の彼氏ができたんだ。そりゃしかたない。

「星月君が人間だったらよかったのに。ああ、でもそうしたら私なんて、相手にしてもらえないよね」

そんなことない。地味とか顔やスタイルが平凡なんて、関係ない。

この子は部屋はいつも綺麗だったし、電話でもＬＩＮＥでもメールでも、誰かの悪口を言うのも聞いたことがない。

「ほんとに、今までありがとう」

いや、それはこっちのセリフ。俺を大事にしてくれた一年間。

いままでいろんなフィギュアや抱き枕に生まれ変わっていた俺だけど、君が一番やさしかったよ。

だから泣かないで。そう言ってあげたかった。俺はまた生まれ変わって、誰かの……、そう、生まれ変わってまた……。

ふと思った。一度くらい、人間になってみたい。自由に動いて好きな場所に行って、いろんなものを食べて。誰かの話を聞くだけじゃなく、会話をして。今みたいなとき、ちゃんと答えてあげたい。

ゴミ捨て場にそっと俺を立てかけて、女の子は去って行った。

その後ろ姿を見送りながら、俺は強く思った。

人間になりたい。

女の子の姿が見えなくなった曲がり角の空に、満月の光に負けないくらい大きな流れ星が一つ、流れて消えた。

人間になりたい。

はたしてそれは過ぎた望みなのだろうか。決してかなわぬ願いなのだろうか。

「あなたの願い、かなえてあげましょう」

ふいにどこからかそんな声が聞こえてきた。

同時に月が輝いた。神々しい光だ。あまりのまぶしさに目を閉じたかったが、抱き枕の絵である俺には不可能なことだ。

月の光の中から何かが、いや何者かがゆっくりと降りてくる。

何者かの全貌が見えたとき俺はただただ言葉を失った。

一言で言えばそれは妖精のたぐいだろう。淡いピンク色のドレスを着て、背には羽ばたくたびに燐光《りんこう》が舞う羽があり、手には小さなステッキを持っている。

一つ妖精のイメージにそぐわないのは、少女ではなく中年のおっさんだということくらいだ。少したるんだ体に口ひげを生やした顔は、可憐とは真逆にあった。

「私は願いをかなえる妖精」

つま先がふわりと地面に着地し、軽やかに舞うように動きながら言う。ただしおっさんだ。

妖精？　そんな馬鹿な。

「あなたが疑うのも無理はないわ。そんなメルヘンなもの、この世にあるとは信じられないものね」

妖精とはほど遠い野太い声で語りかけてくる。まったく違う意味で妖精と認めたくないのだがおっさん、もとい妖精は別の意味で解釈したらしい。

だいたいメルヘンなら俺という存在がすでにメルヘンだ。そこは常人とは違い簡単に信じられる。

「でも今日はスーパームーンとペルセウス座流星群が重なる特別な夜なの」

話すたびにステッキの先端からは不思議な光が描かれ、ドレス姿のおっさんを彩る。

「夜乃《よるの》星月君、君の名前にぴったりの奇跡でしょう。運命を感じない？」

正直に言うと目の前の変質者まがいのおっさんと運命を感じたくはなかったが、いま目の前で起こった出来事は紛れもなく奇跡に属するものだ。

もしかしたら人間になりたいという願いはかなうのか。

「さあ、願ってごらんなさい。人間になれるようにと」

目の前の不審人物が妖精なのか悪魔なのかこのさいどうでもよかった。かなうのなら願いたい。

俺は人間になりたい。

強く願ったとたん、おっさんの体が光り輝く。認めたくないがやはり神々しい光だ。

「これから舞うのは奇跡の舞。今宵あなたに奇跡のフォーリンラブ！」

意味不明なことを口走りながら、華麗なステップを踏み両手でハートマークを作る。妖精にふさわしい少女ならかわいらしかっただろうが、おっさんがやるとただただ不気味だ。

「モアーレ！」

体をのけぞらして高くジャンプすると同時に叫ぶ。

モアーレ？　いったいなんのことだ。もしかしてイタリア語のアモーレ《愛》って言いたかったのか。

おっさんの舞は続く。くるくると回る。肉の形がくっきりと浮き出たドレスの背に何か文字が書いてある。

殺。

思わず目をこすりたいところだったが抱き枕にそれは不可能。しかし何度も見えた文字はまちがえようもなく「殺」の一文字。なぜに「殺」。しかし妖精の容姿の中で唯一、おっさんにふさわしい部分だ。

「真実の愛、それはヤるかヤられるか」

いきなり語り出したぞ。ヤるに当てはめる文字をまちがってないか。

「真実の愛、それは命を賭して求めるもの」

だからと言って「殺」は違うだろ。

「真実の愛、それは真剣勝負の駆け引き」

少なくとも駆け引きとか言ってる時点で、真実の愛じゃなくないか。

「真実の愛、それはこの世でもっとも尊いもの」

その尊いものがいま目の前で冒瀆《ぼうとく》されている。

「真実の愛、それは至るのにもっとも険しいもの」

おっさんの舞と語りはまだまだ続く。いったいいつになったら終わるんだ。

しだいに汗だくになっていく。汗で張り付いた服がビジュアル的に最悪だ。飛び散った汗が枕に染みつかないか気が気でなかった。

最悪なことに俺は瞬《まばた》きすることも顔を背けることもできない。いまほど抱き枕である我が身を呪ったことはなかった。

おっさんの精神的拷問、もとい妖精のダンスはあろうことか三十分近く続いた。

もういい、悪かった、いっそのこと殺してくれ。

人間になりたいと願うのはそんなに罪深いことだったのか。もしかしてこれは神が与えた罰なのか。

ようやく踊り終えたおっさんが膝に手をついて肩で息をしている。

「ぜえ、はあ、これで、はあはあ、きみは、ぜえふう、真実の、ふうふう、げほっ、ごほっ、ってるよ」

ほとんど何を言っているかわからない。

これで俺は人間になれるのだろうか。

「ただし条件があるのよ。完全な人間になるには、君が真実の愛を見つけること」

しばらく息を整えていたおっさんは、ようやく落ち着いたのか、汗でべったりと張り付いた頭髪を振り払って言う。

真実の愛？　あまりにも陳腐な言葉で笑いたくなる。しかしいまの俺にそんな余裕はなかった。

「そしてその相手は誰でもいいわけではないの。あなたが目覚めたときに初めて見た相手。それが運命の人。そして永遠の愛を誓ったキッスをするの」

汗だくのおっさんがうっとりと語る。

待て、目覚めるってなんだ。俺は抱き枕だ。眠らないし、瞬きもできないから目覚めるなんて行為はできない。不可能だ。まさか詐欺か。

「んふふ、そのときが来ればわかるはず。君が真実の愛を見つけられるのを願っているわ。じゃあ、またね」

自称妖精のおっさんは去って行く。なぜか徒歩だ。飛んで帰らないのか？

ずっと見送っていると、路地の先で警官に呼び止められていた。異様に焦った様子で身振り手振りで何かを説明している。妖精とか奇跡とか言っているのが断片的に聞こえてきた。

警官の不審の眼差《まなざ》しはますます濃くなっていった。

あ、逃げた。猛然とダッシュする。すごい形相だ。慌てて警官が追いかけた。

「待て！」

「待つか馬鹿野郎！」

とうてい妖精とは思えない汚い罵声をあびせて逃げるおっさんは、途中で一度転んで捕まりかけたが、無理矢理警官を振り払い逃げていく。やがて二人とも俺の視界から消えていなくなった。

奇妙な静けさが戻った。月は変わらず天空で輝いている。しかしさっきまでのような感慨を抱《いだ》くことができなかった。

あれは本当に妖精だったのか。夏に出没するただの変質者ではなかったのか。限りなくその可能性は高かったが、それでもたしかなことが一つだけある。

自称妖精のおっさんは抱き枕の俺と意思の疎通をしていた。それだけは曲げようのない事実だ。

2

衝撃の夜から数時間後。朝が来た。

まず散歩してる犬に吠えられた。犬をつれたおじいさんに奇異な目で見られた。

次々やってくる主婦は、だめじゃない、こんなの捨てちゃあ、とか、まあそんな感じで俺をスルー。

出勤前のサラリーマンとか学生も以下同文。

昨夜のアレはやっぱり幻だ。夢だ。あんな忌まわしい出来事はもう記憶から消し去ろう。

持ち主だった女の子の優しさに、ちょっとセンチメンタルになってただけだ。

生ゴミは臭うし、もういいよ。早いとこ俺を回収して、次のキャラに転生させてくれ。

待ち望んだ集収車。しかし、俺を待ち受けていたのは「まったくもう」の作業員の一言と「回収できません」シールの貼り付け。

貼られた場所がまた顔だよ、顔。

俺の視界は無残にもシールでさえぎられ、外の世界は見えなくなり、蟬の声と生ゴミの残り香と暑さしかわからない。

ジリジリ暑くなってきた。直射日光に憧れたことはなくはない。しかしこんなんじゃない。だいたい俺は美形キャラだ。夜乃星月ってくらいなんだから、色白の夜が似合うキャラなんだよ。

日焼けしたらキャラが変わっちまうだろうが。

つうか、抱き枕だから日焼けはしない。ただ色あせる。日焼けより悪い。

四日経《た》った。

ほんとに暑い。誰かなんとかしてくれ。

冷暖房の効いた部屋しか知らない俺には過酷過ぎる。

夜は夜で蒸し暑いし、蚊に刺されないのだけが唯一の救いだ。

なに、人間ってこんな暑い中も動き回ってるわけ？　もうならなくていいから、来世もその次の来世も抱き枕でいいです、ほんとに。

ゴミ捨て場にただただ目隠しされて立っているだけ。毎日いろんな人に好き勝手言われ放題で。

いったいどんな拷問なんだ。

俺の精神は少しばかり壊れていた。どれくらい壊れていたかというと、あの妖精のおっさんが懐かしくなるくらいだ。

今日も集収車は来たが、ビンとカンの日だったらしく俺は無視された。

ああ、今日もまたつらい一日が始まる。

そう思ったとき、

「かわいそうに……」

ふいに男の声がした。

いや、そう思うならあんたが中の詰め物抜いて、分別して、とっとと俺を転生させてください。

そう思ったのも一瞬、いきなり抱き上げられると裏返された。

枕の俺は男に無体《むたい》なことをされても抵抗どころか悲鳴をあげることもできない。

男はなぜか俺の裏側をしげしげ見ている、気がする。

「よかった、ケツ丸出しとかだったら、俺ヘンタイになるとこだった」

いや、充分ヘンタイだから。おまわりさん、変質者がこの町にはたくさんいます。

なにを思ったのか、男は俺を抱きかかえたまま、顔に貼られたシールを丁寧にはがしていく。真っ暗な視界が急に開けた。

目の前にいたのは、パジャマに寝癖につっかけサンダルというどうしようもない格好をした男。図体《ずうたい》ばかりでかくて冴《さ》えない男の典型だった。

二次元美形キャラの俺と比べるまでもなく、一般男性の中でもよくて中の中。

四日ぶりに見る最初の物体がよりによってこれかよ。

と思ったところで。

——ああ、もしかして。

俺はようやく妖精の言っていたことを理解した。

シールによる視界のオンオフ。それは眠りと同じではないか。つまり俺はいま目覚めたことになる。

いやまて、しかしそうなると真実の愛を見つけるという俺の運命の相手は、目の前のパジャマで寝癖の冴えないこの男ということになる。

いや、パジャマを着ているのはお互いさまだが、俺は大人気の乙女ゲーの主人公、夜乃星月だぞ。なぜその俺の相手が男なんだ。おかしいだろ。ファンの女性達がこの事実を知ったら世界観の崩壊に阿鼻叫喚だ。前の持ち主の女の子なんて、ショックのあまり寝込みかねない。

ふざけるな。やり直しを要求する。リテイクだ。

俺がいかに叫んだところで目の前の青年に聞こえるわけもない。

「ああ、君のキャラデザしたレーターさん、あの人だったのか。知っているよ、流行の乙女ゲーだよね」

え？　この男、なに？　結構な歳《とし》に見えるけど、なんで知ってんの？　オタク？　だとしてもサラっと言ったよ乙女ゲーって。

まさかアレか？　男なのに乙女ゲーやる、たまにいるヘンタイか？

こんな男が運命の相手なんて嫌すぎる。さすがあの自称妖精がやることは精神的苦痛を与える嫌がらせとしてなにもかも完璧だ。

と思ったのもつかの間、男は俺のシールを胸に貼りなおすと、とっとと去って行った。

なに、俺の体をもてあそんで、そのまま放置⁉　どんな運命の相手だよ。

その日の俺は、自分の境遇がはっきり見えてしまうぶん、本当に本当につらい一日を過ごすことになった。


雨が降ってきた。

初めて感じる雨、初めて見る雨、初めて……いやもういい。

美しい俺の姿が、途中で折れ曲がってもう見る影もない。これぞ、尾羽《おは》うち枯らすってやつだ。

朝に聞こえてきた話じゃ、明日また燃えるゴミの日だから、当番が俺を切り刻んで捨てるらしい。

何が妖精の魔法だ。何が奇跡だ。俺のこの五日間の放置プレイはなんだったんだ。

あの自称妖精のおっさん、呪ってやる。

俺が知る限りの呪詛《じゅそ》の言葉をつぶやき始めて二十分くらいたったころ。

あたりが薄暗くなり始めたとき、こっちに傘もささずに走ってくるやつがいた。

今朝の男だ。

男は立ち止まって何度も周囲を見回した。しかし誰もいない。周囲を見ていた目は最後に俺に向けられた。

「俺は腰痛持ち、別に男の抱き枕だし、あくまで腰痛用の抱き枕。うん、そうだ。使えばいいんだ。抱き枕って買うと案外高いし」

なに言ってんの？　誰に言い訳してんの？

え？　持って帰るの？　おまえが？　今使うって言ったか？

混乱する俺をよそに、男は俺を抱え上げると逃げるようにゴミ捨て場を後にする。どう見てもコソ泥にしか見えない。

こうして俺は怪しい男の家に連れ去られることになった。

表札には穂高と書いてあった。これがこの俺の運命の相手、もとい、怪しいおっさん妖精に呪われた相手なのか。

穂高は俺を脇に抱えたまま、そそくさと帰路についた。

アパートの自室らしき部屋に戻るとほっと一息をついている穂高だが、俺からすれば拉致《らち》された気分だ。

もはや運命の相手はこの男の他にあるまい。そこはもう腹をくくるしかなかった。

そもそも人と抱き枕の間で真実の愛とやらを追求するんだ。このさい同性か異性かなんてのは些細《ささい》な問題だ。

それでもなお問題が一つある。

いや問題だらけの状況なのだが、とりあえずその他諸々《もろもろ》の重大かつ無視できない問題はわきに置いといて、問題が一つある。

見た目はイケメン、中身はクッション、言うまでもなく俺は抱き枕だ。

妖精のおっさんは言った。真実の愛を見つけろと。しかし枕の俺は誰かに愛をささやくことも歩み寄ることもできない。できることと言えば添い寝だけ。

そんなのでどうやって真実の愛とやらにたどり着くことができる。

「雨で少し汚れちゃったね。綺麗にしようか」

すがすがしいまでに俺の悩みとは無関係の笑顔を見ていると腹立たしくなってきた。

それでも綺麗にしようという心がけは大変よろしい。俺は悪態をつくこともせず、穂高のやることに身を任せようとした。

なぜか最初に洗濯用のネットに入れられた。その時点で気づくべきだった。いや気づいたところでなにもできない。ただあるがままに己の運命を受け入れるしかない。それでも心の準備くらいはしたかった。

俺が入ったネットがぽいと放り込まれたのは洗濯機の中だった。

地獄から生還した俺は、そのまま風呂場で乾かすべくカーテン用のレールにつり下げられた。

「さてと、綺麗になった」

満足そうにしている。たしかに綺麗になった。それは認めよう。

だが俺は今まで風呂場で手洗いしかされたことがない。女の子の手で優しくだ。それがなんだ、この仕打ち。これだから三次元の男は……、いやまて、裸の男に風呂場で手洗いされるのも相当気持ち悪いぞ。

真実の愛だと。ふざけるな。どっちにころんでも地獄じゃないか。いやあのおっさん妖精のダンスに比べればまだマシか。あれは地獄より酷《ひど》かった。

「明日には乾いているかな」

穂高が出て行くと程なく浴室の換気扇から暖かい空気が吹き出てくる。

疲れた体に適度にあたって気持ちいい。いつのまにか眠気が襲ってきた。視界が狭《せば》まりかすんでいく。

このとき気づくべきだった。俺の体《まくら》にはすでに異変が始まっていた。

がんっという衝撃とともに、俺の眠気はどこかに吹き飛んでいた。気づけばすぐ目の前には浴室の床がある。

洗濯ばさみが適当だったのか。どうやら俺は床に落ちたらしい。しかし重たい響きで落下したのは初めての体験だ。前の持ち主のベッドから床に落ちたことは何度かあるが、しょせん抱き枕。衝撃などたかが知れている。

おかしなことはもう一つあった。暖気で眠くなっていたはずなのに、なぜか異様に寒い。体が凍《こご》えそうだ。さらに気持ち悪い。

浴室の鏡の中に俺が立っている。いや俺であるはずがない。映っているのはどう見ても人間で、俺は抱き枕だ。しかしなんという偶然か、容姿はもとより服装までも抱き枕の俺と一緒ではないか。

「ずいぶんそっくりだな」

鏡の中の人物が口を動かして喋《しゃべ》る。

ああ、わかっている。俺は半分気づいている。ただ心のどこかでそれを認めるのが怖かっただけだ。

右手を上げると意識すると鏡の中の俺のそっくりさんが右手を上げた。いや、もうそんな言い方はよそう。鏡の中の俺は右手を上げた。

おそるおそる首を右に向けると、そこには俺の思い描いたとおりに上がった右手があった。

いやいや、それなら首が回ったことにも驚くべきだ。さらにその前に俺は立っている。

「まさか人間になれたのか……」

実感はなかった。もちろん動かないイラストから自由に動く体になったのだ。いま感じている感覚すべてが未知の塊だ。ただ心が追いついていない。どこか理解することを恐れていた。

恐れと喜びと好奇が入り交じっていて、わずかに恐れが上回っていた。

体がぶるっと震える。これは恐れからではない。寒いからだ。生乾きの服が体にへばりついている。

まずい。人間になった早々、風邪引いて肺炎で死ぬとかシャレにならない。体温を奪う服を慌てて脱ぐ。

これもまた初体験だ。服を脱ぐと己の裸身が鏡の中にある。初めて見る自分の体に、感動めいたものを感じたが、次の瞬間盛大なくしゃみが出て、気分は台無しになった。

「まずは暖まらないと」

なぜか寒い浴室を出ると、ここに連れてこられるまでに見た部屋があった。部屋の電気はついていないが、窓から差し込む月明かりだけでもけっこう見える。

部屋の隅に大きなベッドが置いてある。そこには穂高が脳天気な顔で寝ていた。

この男に感謝すべきなのか。

しかし脳天気な寝顔を見ているとなぜかいらだった。

「……うう、寒い」

クーラーがガンガンに効いている。

いまは何より暖を取らねばならない。

おそらく服を借りようにもこの大柄な男の服はどれもぶかぶかだろう。そんなもの着たくない。それに服を借りるにはこの男を起こさないといけない。それはそれで面倒くさい。

しかたないのでベッドの片隅で寝ることにした。

「なあ、ずぶ濡れで寒い。着替えもないし」

話しかけても返ってくるのはいびきだけ。

体の大きい穂高が大の字で横たわっているとセミダブルのベッドも狭く感じる。

「せまいな、このベッド。おまえもデカすぎんだよ」

己が寝るためのスペースを作るために、ある程度の強硬手段はよしとしよう。

多少隅に押しても起きる気配はなかった。しかも根が生えたように体は動かなかった。

最初はおそるおそる、徐々に乱暴に、最後は足で蹴飛ばすようにしてベッドの隅に追いやる。

それでも起きないのか。呆《あき》れを通り越して感心を迂回しやっぱり呆れに戻ってくる。

まあいい。いまは寝床の確保ができたことを喜ぼう。

半分以上あいたベッドに横たわるとまだ残っている体温に安堵《あんど》する。寒さがようやく和らいだ。

「う、うう……」

穂高が寝苦しそうにうなっていたが、肘《ひじ》で小突くとすぐに静かになった。

3

抱き枕は人間の夢を見るか？

どこぞのSF小説に似たようなお題目があったな。

イラストである俺は目をつむることがない、すなわち眠ることがないはずだったが、なぜか人間になる夢を見た。

風呂場に落ちるようにして生まれ、濡れた服を脱ぎ、暖を取るためにしかたなくこの部屋の主、穂高が寝ているベッドに潜り込んだ。

はたして俺はいつから夢を見ていたのか。何度考えても洗濯機から出され干されたあとだ。できるなら五日前の自称妖精のおっさんあたりから夢であってほしい。目が覚めれば俺は抱き枕のまままだゴミ捨て場にいる、そのほうがマシかもしれない。

家や道や行き交う人々がすべて逆さになっている光景を見ながら、俺はせんなきことを考えていた。

なぜ皆逆さまなのか。答えは簡単だ。俺がいま逆さまだからだ。正確には逆さまに窓際にぶら下げられていた。

朝、気がつくと俺は抱き枕に戻って、ベッドの下にいた。

目が覚めた穂高も昨夜のことは夢と結論づけ、

――んー、俺、よっぽど気になっていたのかな？

などとつぶやきながら、俺を干すと会社に出かけて行った。

部屋に一人、いや一個残された俺。

道を行き交う学生らしい二人組の女性が俺を指さし笑いながら話している。声こそ届かないが、だいたい何を言っているか想像はついた。

「あの部屋の窓に抱き枕干してる」

「ちょっと大胆すぎるんじゃない？」

「大胆って言うより変人、変態？」

「景観ってのを考えてほしいよね」

だいたいこんなところだろ。

外から見える窓際に抱き枕を干しているなど、嘲笑の対象でしかない。笑われているのはこの部屋の主であって俺ではないのだが、指をさされて笑われている状態が面白いわけない。

あの男はまったく不用心すぎる。もう少し世間体というものを考えろ。あいつがだらしないせいで、俺が不愉快な目にあってるじゃないか。

しかし濡れた抱き枕《体》が乾いていくのは心地いい。たまに俺に気づき驚いたり指さしたりする者もいたが、そんな小さなことなど気にならなくなっていた。

ゴミ捨て場のときは直射日光は暑くて熱くて耐えられたもんじゃなかったが、いまは悪い気持ちじゃない。

このように気持ちよくさせてくれるなら穂高に拾われたのも悪くない。女の子用のアイテムなのだが、ちゃんと大事にしてくれるならあいつの世話になってもいいか。

腰痛用とかいっても、寝相が悪いから、寝入りばな十分もすれば俺は自由の身になるだろう。一晩中男に抱きしめられる可能性は限りなく低い。

陽気は一日中続き、気づけば陽は大きく傾き夕方になっていた。あくびこそ出ないが、そんな気分だった。

夕日がゆっくりと沈んでいく。

「ふぁああ！」

あくびと同時にありえないことが起こった。俺の体は真っ逆さまに落ち、床を転がった。

痛《いて》え。

抱き枕の俺が床に落ちたところで痛いはずはないし、ましてドスンッなんて音を立てるはずがない。

「何が起こったんだ⁉」

そもそもあくびは出ないし、驚きの声を発することもない。体をさすりながら立ち上がるなんてもってのほかだ。

「いったいどうなっている？」

俺はまた人間になっていた。


ありえない出来事に直面したとき、人間はどのように行動するか。はたして俺が人間かどうか疑問の余地はあるが、意外と冷静だった。頰《ほお》をつねるなど定番の動作をする程度だ。いや見栄はよそう。昨夜と同じく狼狽《ろうばい》するほど驚いていた。

「つまりあの妖精は本物だってことなのか」

意味もなく独り言をつぶやく。こんなことすら、抱き枕ではできなかったことだ。

「暗いな」

驚いているうちに、太陽は完全に沈み、窓から差し込む明かりは街灯と月明かりのみだ。

昨日は部屋の主がいたのでできなかったことをする。わずかな明かりを頼りに部屋を見渡し目的のものを見つけた。

壁のスイッチを入れると天井の明かりがついた。

「おお」

明るくなった部屋の中で俺は自分の体を見る。手を広げたり閉じたり、あるいは無意味に足を動かし、腕をふりまわした。昨日も鏡の中の自分を見たがやはり明るいと実感が違う。

十分後。

やることがなくなった。

人間の体になれたはいいが、この先どうするのか。

人間だからできること。仕事、遊び、交友？

前の持ち主の女の子に気持ちを伝えたかったといっても、じゃあ今から家に行くのか？できっこない。信じてもらえるはずがない。

イケメンだけど頭が残念なコスプレなりきりストーカーという新たなジャンルを作ったあと、通報されておしまいだ。

あの妖精のおっさんの話じゃ真実の愛とやらを見つけないと人間になれないってことなのに、あっさり人間になってしまったこともよくわからない。

まさか裸で同じベッドに寝れば終了みたいなミモフタモナイことだったのか？　いやでも穂高は服着てたしな。

わからないこと尽くしのなか、とりあえずわかることからたしかめていくことにする。

「穂高ってどんなやつなんだ？」

部屋の住民の趣味を知る手がかりはないか、俺はしばらく部屋を見回した。最初に目に入るのは部屋の広さに不釣り合いな本棚だ。

三角関数や微分積分、ベクトルに行列の専門書など数学関係の本があるかと思えば、C言語やC＋＋、ＪＡＶＡにスクリプト関係といったコンピュータ言語の本が並び、その隣には美術関係の本が場所を取り、さらにアメコミが続き、最後はゲームの攻略本で締めくくられている。

一見無秩序に見える本棚だが、もともとゲームのキャラクターだった俺には穂高の職業がすぐにわかった。

穂高はゲームプログラマーだ。それも3Ｄプログラム関係に違いない。たぶんさほど大きな会社ではないことは、他の業務関係の本があることからも察することができる。

「だから俺のことを知っていたのか」

男で乙女ゲーのキャラ、しかもデザイナーまでわかるとはどれほどコアであぶないやつかと思ったが、これで納得がいった。

「ふう」

出たため息は安堵のものだろうか。穂高はさほど警戒するような人間ではないと思っていたが、それでもどこか警戒心や緊張を抱いているところがあったのだろう。

「そういえばあいつ何時頃帰ってくるんだ？」

時計はすでに七時を回っている。普通のサラリーマンなら同僚と酒でも飲んでもう少し遅くなるだろう。学生ならまだ遊んでいる時間だ。新婚なら会社が終わったら真っ先に帰ってきてる。

しかし穂高はどれでもない。ゲームプログラマーだ。昼に出かけていまの時間に帰ってくることもあれば、でかけたきり何日も帰らないこともある。つまり不規則で読めない。

でた結論は一つだ。

「テキトーにくつろぐか」

部屋を適当にあさって、着心地がよさそうな服を勝手に選んで着替えると、腹が減るという初めての感覚に、さして広くないキッチンからポテチを見つけ袋を開けて冷蔵庫から麦茶を取り出す。

昨日はもう少し遠慮というものがあった気はするが、慣れというものは怖い。

テレビを見ながら座ったり立ったりしていたがどうにも落ち着かない。抱き枕のときはまったく考える必要はなかったが、楽な姿勢というものはなかなかなかった。

最終的に落ち着いたのはあぐらだ。どうにも立っている姿勢以外違和感はあるのだが、楽であることには変わりない。

そんなこんなであぐらをかいてくつろいで麦茶を飲んでいると、

「あの、君、誰？　どうして僕の部屋に……」

ふいに部屋のドアが開いて穂高が帰ってきた。

「へっくっしょん」

間抜けなことに俺のくしゃみの音が重なった。肌寒いと思っていたがどうやら風邪を引いたらしい。たぶんこれが風邪という症状に違いない。

「ああ、くそ、やっぱり風邪引いたか。おい、あんたのせいだぞ」

鼻をすすりながら俺は、恨みがましく穂高を見た。

「え？　え？」

穂高はまるで理解できない様子で戸惑っている。

「なあ、腹減ったんだけど。冷蔵庫はほとんど空っぽで何もないし、あんた何か買ってきてくれよ」

穂高を見ていると遠慮という感情がどんどん削られて、図々《ずうずう》しくなっていく自分が手に取るようにわかった。

「あ、うん。すぐに買ってくる。何か好き嫌いある？」

「このさい贅沢は言わない。コンビニの弁当でいいよ。その代わり早く買ってきて。ダッシュで」

「う、うん。じゃあちょっと待ってて」

あいつ大丈夫か？

見ず知らずの人間が部屋にいて命令されることになんの疑問ももたないのか。

穂高はうなずいてすぐさま部屋を出て行く。その姿はボールを追いかける犬を連想させた。


「ね、ねえ、ねえ！　ちょっと君誰なの？」

十分くらいして穂高が戻ってきた。さすがに俺の存在を不審に思ったらしい。まあ当然だな。当然じゃないのは疑問に思って問い詰めているのに、律儀にコンビニで買い物をすませているところだ。

「俺の名前は夜乃星月」

「え？　あの抱き枕と同じ名前？」

「そうだ。俺はあんたが拾った抱き枕だよ」

目を白黒させている穂高に、俺は自分の身に起こったことをそのままに話した。

どうせ信じてもらえない話をどうしてバカ正直に話しているのか自分でもよくわからない。それが筋だと思ったからだろうか。

「以上、俺がここにいる経緯《いきさつ》だ」

そう話を締めくくり穂高を見る。

「すごい、奇跡だね！　どうりで似てると思ったんだ」

こいつ大丈夫か？

絵柄と似てるからと言って、抱き枕が人間になったなんて話、普通あっさり信じるか。それとも適当に話を合わせているだけか。

いつかきっと詐欺師にだまされるぞ。いやもう何回かだまされているのかも。しかもいまだにだまされたことに気づいていないとかありそうだ。

「おまえだまされているとは思わないのか？」

「でもだますならそんな突拍子もない話をしないいんじゃない？」

うぐ。

思いがけない反論に言葉に窮した。

「さすが夢だよね」

はい？

「けっこう変な夢、みるんだー、今回はリアルだなあ」

おいまて。

そうだよな、信じないよな。絶賛現実逃避中だな。どうするか。

殴るか。

「現実だよ、目が覚めないだろ？」

穂高は左頬を押さえて呆然としている。

穂高が現実に帰ってくるまで、俺は飯でも食べて待っていることにした。

夏の野菜カレー弁当を食べ終えて、はちみつヨーグルトとバナナも食べ終え、最後のプリンを食べる前に、

「コーヒー淹《い》れてくれ」

とためしに言ってみると、お湯を沸かしコーヒーを淹れてくれた。

ただしロボットのような動きで。

らちがあかないと悟った俺は、コーヒーを穂高の手にスプーンでたらす。

「あ、あつっ！」

ようやく言葉を発した。

「いいかげん正気に戻れ」

穂高はしげしげと俺の顔を見つめたあと、時計を見て、テレビを見て、スマホを取り出し画面を見て、時間が同じことをたしかめたのち、通話ボタンを押した。

「五竜？　ああ、うんお疲れ。あのさ、突然だけど今何時？　うん、スポーツニュースやってる？　いや、時計壊れたとかじゃなくて、俺が壊れたっていうか……。ごめん、なんでもない。忙しいのにごめん」

電話を切ると、ようやく、これが夢でもなんでもなく現実のことだと受け入れたようだった。

それでもどうしたらいいのかわからないらしい。気持ちはわかる。俺も言ってみて思った。この男に信じてもらうにはどうしたらいいかわからない。

「信じられないならいい」

半ば投げやりな気持ちで出た言葉だった。

「いいって、どうするの？」

「出て行くよ」

「どこに？」

「さあ？　あ、服だけはもらってっていいか？　かわりにこれ置いてくから」

と言って、俺が着ていたストライプのパジャマを差し出した。

差し出してから俺の持ち物ってこれだけだったんだなと思う。身一つってまさにこのことか。さっきまでの自分の変化に対する高揚した気持ちは萎《な》え、投げやりな気分にますます拍車がかかった。

ここから出ても家族がいるわけでもない、金もない、目的もない、身分を証明するものもなにもない。

大げさかもしれないが、俺の生殺与奪をもっているのはこの男だ。だとすれば抱き枕のときと何が違うのか。

「この部屋から麦茶とお菓子以外は何も減ってないはずだ。なくなってるのはあんたが気まぐれに拾った抱き枕だよ。俺がいなくなったあと、探してみれば？」

１ＤＫのアパートの室内を見回し意地悪く言う俺に、穂高は慌てて、そして悲しそうな顔をする。

「信じると言ったら嘘になるけど、君をこのまま追い出すこともできないよ」

「なんでだよ？」

「だってたしかに君は、そっくりだから。その、僕が拾った抱き枕の、夜乃星月に」

照れくさそうに、今週は毎朝見ていたから、とつけたした。

「パジャマだって、わざわざここまで同じようなもの、探せないでしょ？　いまどきないよ、こんなに太いストライプ」

それは遠まわしにダサイと言っているのか。悪意がないのが伝わるだけによけい腹が立つ。

「それにさ、ほら、靴がどこにもないんだ」

穂高は窓を開け、ベランダを見て言う。

「うちの玄関、靴箱なんかないし、君が泥棒だとしてもはだしのわけないでしょう？　鍵はかかってたんだし。君が詐欺師だとしても抱き枕だとしても、僕の頭じゃだまされるって選択肢しか、思いつかない」

そう言って、ようやく穂高は笑顔を見せた。

目の前の穂高を見ていると、能天気な顔に腹立たしさを感じるかわりに、自暴自棄な気持ちがどこかに消えていくのを感じる。

「なあ、なんで俺を拾ったんだ?」

「それは……」

穂高が答えようとし、言いよどんでいると、穂高のスマホから古典的なレベルアップ音が鳴り響いた。着信音までゲームか。液晶には五竜と表示されていた。さっき電話をかけた相手だろうか。

「ごめん、ちょっと待ってくれる? 仕事の話かもしれないから」

穂高はスマホを持つとキッチンに移動した。しかしドアは半開きなので会話は聞こえてくる。

「もしもし、どうしたの? 何かあったの? え、あのゲームマスターアップしたんじゃなかったの? バグ? しかもクリティカルな? どうしてそんなの見落としてたの。うわあ最悪だね。でもどうする? いま提出して審査通らないと、上半期に発売できないよ。あれ出せないと決算やばいんじゃなかったっけ?」

ドアのすきまから聞こえる穂高の声が深刻になる。表情が見えなくても、会話の内容から何か大きな問題が起こっていることは察することができた。

それから三分ほど電話をしていたが、

「わかった。いまから行くよ」

という結論に落ち着いたようだ。

「ちょっと急用ができたから会社に行ってくる」

キッチンから出てくると、穂高は慌てた様子で出かける身支度をした。

「どうしたんだ？」

「会社でトラブル。君の話はあとでしよう。朝には絶対帰ってくるから、戻ってくるまでちゃんとこの部屋にいてね」

「俺みたいなの置いといていいのか？」

「悪いことしようとするなら、もっと時間あったでしょ？　テレビのドッキリかもって可能性は捨ててないけど、だったらやっぱり安全だし。それよりごめんね、話の途中なのに」

「いや、いいよ」

これは本音だ。ゲーム会社の修羅場がどんなものか、俺はよく知っている。

「俺の出ているゲームでもひどいバグがあってな。急いで発売された続編はひどいありさまだった。いざ好きな相手に告白しようとしたとき、表示されたグラフィックがモブのおっさんだったんだ。フェイスパーツが表示されずのっぺらぼうってのもあった。最後の一大イベントをそんなバグで潰された女の子を目の前で見たことあるが、泣きそうな顔をしてかわいそうだったよ」

「それはご愁傷様としか言いようがないね」

「会社ってどこにあるんだ?」

「矢吹町《やぶきちょう》、ここから電車で二十分くらいのところだよ。なんで?」

「靴は無理だな。サンダル借りるぞ」

「どうしたの?」

「この部屋の中は見飽きたんだ」

4

いまさら窓の景色など珍しくもないが、横に流れているなら話は別だ。右から左へ動く建物群をじっと見ていた。

「なんか子供みたいだね」

いま馬鹿にしたのか。そんな目で穂高を見ると、

「気持ちはわかるよ。僕も電車で長いこと揺られているとき退屈を紛らわせるために外見るけど、毎日同じ風景のはずなのに不思議と飽きないんだよね」

いやたぶんそんなのはおまえだけだ。普通は飽きる。なぜなら俺も同じような看板と建物

にすでに飽き始めている。帰りは見ないな。

次の興味は同じ電車内にいる他の乗客だ。別に人間観察がしたいというわけではなかった。

穂高と一緒に外に出た目的の一つ。

彼らはたまに俺のほうをチラチラ見る。

「見えているんだな」

「見えてるって何が？」

「俺がだよ。もしかしたら他の人からは見えないとか、抱き枕のままだとかそういう可能性も考えたんだが、そんなことはなかった。自動改札も認識したし」

穂高は急に青ざめる。

「そういうことは最初に言ってよ。もしかしたら僕が男の抱き枕持った怪しい人間に見えた可能性もあるってことでしょう」

「だから言わなかったんだよ。その可能性があるって言ったら連れてこなかっただろう」

「星月君ってけっこう意地悪？」

「文句なら設定作った人間に言ってくれ」

ふふんと笑う俺に穂高は言い返せない。

しかし俺にはさらに気になることがあった。

「でも、なんか俺、やっぱりどっか変なのか？」

「どうして？　僕から見ればどこもおかしくないけど」

「視線を感じる。いや露骨にチラ見するやつが何人かいるんだ」

いまこうしている間も何人か俺を見ている。顔をそちらに向けると皆慌てて目をそらして見ていなかったふりをする。あまり気分のいいものではない。

「ふふ」

憮然《ぶぜん》とした顔をしている俺を見て、穂高が笑う。人の不幸を見て笑うとか、こいつ意外にもサディストか。

「何がおかしい？」

「気を悪くしたなら謝るよ。君は目立つからどうしても他人の目線が集まるんだ。君が芸能人みたいにかっこいいから」

「俺がかっこいいのは当たり前だとして、なんでそんなにおまえが嬉《うれ》しそうなんだ？」

「いや、あの、深い意味はないから。だから誤解しないで」

「なんだよ、言えよ。わかってるなら教えろよ」

「だってそんな芸能人みたいにかっこいい君が、僕のよれよれのTシャツ着て、ジャージはいてビーサンで電車に乗ってるんだよ？　目立つよ。そりゃあみんな見るよ」

と赤ワインとコーヒーのシミがついたTシャツを指さす。

「先に言えよ！　こんなみっともない格好で外出させんな！」

己の不覚に歯噛《はが》みする思いの俺を見て、穂高はちょっと得意げな顔になった。

「これでおあいこだね」

くそう、侮れない男だ。

しかし、穂高は表情がころころと変わって面白い。外の景色はすぐに飽きたが、そんな穂高を見ているのは不思議と飽きなかった。


電車を降りると会社まで徒歩で五分程度だという。

穂高の足は速い。何度も無駄にでかい背中を見る羽目になった。穂高も会社のトラブルで足が速くなっているのかもしれない。

「あのビルだよ」

なんの変哲もない雑居ビルを指さす。七階建てで二階と三階だけ明かりがついていた。どちらかあるいは両方が穂高の会社なのだろう。

「あと少しで着くから」

ビルの入り口にある標識には二階と三階にＭＨクリエイトという社名が書いてあった。

「おお、来たか。呼び出してすまなかったな」

ビルの奥から現われた男は気軽な態度で穂高に手を上げた。

Ｔシャツにチノパンという見た目より楽をとりました、が丸わかりの穂高にくらべ、黒のポロシャツと細身のデニムをすっきり着こなしている。

メガネも知的な雰囲気を醸しだし、顔の造りもそれに見あって整っていた。一言で言うなら黒髪メガネのイケメンだ。

ゲームならこの手のキャラは総じて高飛車《たかびしゃ》で性格が悪い。かくいう俺が出ているゲーム「ときめきレボリューション～あなたに恋して～」、略称「ときレボ」にも黒髪メガネキャラがいる。恋愛シミュレーションゲームでは、この手のキャラは女の子向けだろうが野郎向けだろうが必ず一人はいる。

一周目の攻略は夜乃星月だが二周目に選ぶならメガネという評判もある。それはなんだ、まずは主人公の俺を選んで、実際にゲームをしたらメガネにひかれたってことか。

高飛車で性格が悪いのにモテるのは、優しくしたときや弱気になったときのギャップなんだろうが、常に優しくかっこいいことを要求される俺的キャラからしたら、最小限の努力で獲物を落とす、詐欺師みたいなものだ。

グッズの売り上げで負けたということも手伝い、初対面のメガネ男への第一印象は最悪に近かった。ほとんど逆恨みだとしても。

「こいつ誰？」

ほらやっぱり。おいメガネ。こいつ言うな。人を指さすな。ニア最悪が最悪に完全一致だ。

「このこは星月君、ええと、遠い親戚で上京してきたばかりなんだ。今日来たばかりだから、放っておくわけにもいかないだろ？」

「ふうん、ぜんぜん似てないけど遠い親戚ならそんなもんかもな。若いね、学生？　あ、俺は五竜って言うんだ。よろしくな。こいつの同僚だ」

気軽に手を差し出してくる。

「星月です。職業はニート、趣味はヒキコモリ」

答えに困ることをぶっきらぼうに言ってやったが、

「へえ、それならゲーム好きだよな。穂高とは話が合うだろ？」

と如才ない返事を返してきた。

穂高はといえば、俺達の間の空気を察することもなく、マイペースにニコニコしている。

こいつはあれだ、ギャルゲーには必ずいる人畜無害な友人キャラ。乙女ゲーなら最後まで空気の六人目。

「じゃあ、星月君は向かいのファミレスで待っていてくれる？　どれくらい時間がかかるかちょっとわからないけど。あっ、ファミレスの使い方わかる？」

「大丈夫だ。テレビで見たことあるし、ゲーム内でも入ったことはある」

「ははは、おまえ面白いな。でも俺の田舎《いなか》も似たようなもんだ。コンビニまで車で三十分。ファミレスもないし、電車は全部単線で駅のホームには屋根もない。こっちで初めて電車の路線図見たときは、蜘蛛《くも》の巣かと思ったよ」

このメガネ、ツンツンしているように見えて、人当たりは悪くない。

都会的でクールなイケメンメガネが実は田舎者。

きっとおばあちゃん子だったりして、田舎に帰ると縁側でお茶を飲む。都会のカフェも似合う男が、干し柿を吊《つ》るした縁側でせんべいをかじる。それがまた絵になる。うーん、完璧なギャップ萌え。

ヤバい。俺でも二周目に選んでしまいそうだ。

俺に五千円札を一枚渡すと、穂高はクールギャップ二周目黒髪メガネと一緒に、足早にビルの中に入っていった。


「いらっしゃいませ」

愛想良く挨拶をするウェイトレスをじっと見る。

「あのお客様？　一名様ですか？」

ウェイトレスは顔を赤らめて戸惑ったように問いかけてきた。

よし。俺単体でもちゃんと人として認識されるらしい。

「一人です。あとからもう一人くるけど、遅くなると思う。禁煙席で」

「はい。ではこちらの席へどうぞ」

それに、ちゃんと現実でもイケメンと認識されることも、この子の表情からわかる。たとえ穂高の寝巻きTシャツにジャージでも。

居心地のよさそうな、角の四人がけに案内され、ビーサンを脱いであぐらをかいた。そんな行儀の悪いことをしても、ウェイトレスはずっと俺をチラチラ見ている。

手を上げてウェイトレスを呼び戻すと、お盆で顔を半分隠すようにしてやってきた。

「コーヒー一つ」

「は、はいいっ」

声がうわずっている。ニコリと笑っただけなんだが、予想以上の反応だった。

思わず窓に映った自分をたしかめる。笑ってみたり眉根を寄せてみたり。口を開けたら虫歯一つなく真っ白だった。さすが抱き枕。今夜からはちゃんと歯を磨かないといけないんだろうか、そんなことを考えていたら、向かいのビルの明かりが目に入る。

その中に穂高の姿があった。道路を挟んだ向かいのビル、明かりのついた三階の窓際に穂高がいた。七、八人に囲まれて話をしているようだ。その中にはさっき会った五竜の姿もあった。穂高のチームのトラブルじゃないのに呼び出され、話の輪の中心にいるということは頼られているということだろう。

「ふうん」

何か指示をしているらしいのはわかる。お人好しを利用されデバッグ要員に呼び出された可能性も考えていたが違ったらしい。

皆、真面目《まじめ》な顔で穂高の指示にうなずいたり、PCのモニターを見比べたりしている。

俺の抱いている印象の穂高とは正反対だった。

俺が知っている穂高はゴミ捨て場周辺で怪しい独り言をつぶやいたり、寝癖つけて遅刻しそうになったり、オタオタしている姿だったり、総じて情けないものだった。

「できるやつだったんだな」

道路を挟んで遠くにいるのがなぜか物寂しい。ずっと見ているのに穂高がまったく俺に気づかないのも腹立たしかった。

「星月君、おまたせ」

いつのまに寝ていたのか、そんなかけ声で俺は起こされた。うたた寝なんて生まれて初めてだ。抱き枕から人間になる瞬間に意識が遠のくことはあったが、あれはうたた寝とは違うだろう。

「ふあああ」

大きくのびをしているうちに穂高は向かいの椅子《いす》に座っていた。

「コーヒーください」

運ばれてきたコーヒーを見て、自分の前の冷めたコーヒーと見比べ、考える前に手が動いていた。

「あっ、なにするの！」

文句を言ったときにはもう遅い。俺のコーヒーと穂高のコーヒーは入れ替わり、湯気をたてたコーヒーは俺のものになる。

「眠気覚ましにはやけどしそうなほど熱いコーヒーが一番だぜ」

乙女ゲーの中で俺はそんなことを口走ってるらしい。ためしにやってみたくなった。思った以上にかっこ悪い。ただしぬるいコーヒーより熱いコーヒーがいいのは同意だ。

「なにそれ？」

「俺のセリフ、らしい」

「なんだか微妙だね」

穂高はしかめっ面《つら》で冷たいコーヒーを口にする。

「まずい」

「冷めてるからな」

「誰のせいだと思っているの？」

「横からかすめ取られるノロマのせいじゃないか」

穂高は口を開けたまま金魚みたいにぱくつかせている。いまなら口の中に角砂糖を簡単に放り込めそうだ。

「はあ、さすがに疲れたよ」

そう言って穂高はのびをする。無防備な仕草を見て、聞くのは今だと思って、ずっと気になっていたことを切り出した。

「なあ、あんた、どうしてゴミ捨て場から俺を拾ったんだ？」

穂高は一瞬驚き、今の状況の発端を思い出したのか、そうか、そうだったっけね、と独り言を二、三つぶやいたあと、俺を見た。

「ああいうの駄目なんだよ」

「ああいうのって何が？」

「捨てられている人形とかそういうの」

そう言って顔を伏せる。

「……チュッチュちゃん」

うつむいた顔から絞《しぼ》り出すようにつぶやかれた単語は不思議な響きだ。

「なんだよ、チュッチュ？」

「チュッチュちゃんは妹が生まれたときに買ったアヒルの枕」

「妹いるのか」

「うん。六歳離れてるからかけっこうわがまま。でも可愛いんだ」

身内の可愛いはあてにならない。穂高の場合はなおさらだ。そもそもそんな情報まで求めてないがまあいい。俺は黙って聞き役に回る。

「僕もすごい可愛がってたんだ。でも、チュッチュちゃんは妹が三歳のときに、あんまり汚れたから捨てるって。僕はもう物心ついてたから、なんとかしようと思って隠したんだよ。なのにあっさり見つかって、小学校から帰ってきたときにはいなくなってて。その前の週が社会科見学でゴミ処理場だった」

「それはキツいな」

「でしょう？　もう、軽いトラウマなんだよね。うん。それからもう、ダメなんだよ。妹と一緒に、人形遊びとか、ぬいぐるみ遊びとか、してたから、そういうの捨てるとき、すごいかわいそうで」

「それで俺を放っておけなかったと？」

「そうなるかな」

うつむきがちの中にも見える深刻で暗い表情は、いつも笑顔を絶やさずのほほんとした穂高らしくなく、他人から見れば笑ってしまうようなことでも、穂高にとって真剣なものであることを物語っていた。

「おまえさあ、小さいときいじめられなかった？」

「なんでわかるの？」

「虫とか殺せなそう」

「ああ、うん、虫に残酷なことできなくて、仲間はずれにされたことはある。でも体が大きかったから、いじめられるまではいかなかったよ」

その頃からでかかったのか。

「だめ、なんだよねえ。昆虫をバラバラにしたりするのも、小さい男の子なら普通だって、今ならわかるんだけどさ、今でもダメ。でもね、生き物なら子供同士で仲間はずれにされても、大人は心の優しい子って褒めて済ませてくれるけど、人形やぬいぐるみまでかわいそうっていうと、男の子のくせにって言われるんだ。なんでみんな平気なんだろうね？」

そんなことを女の子用抱き枕の俺に問われても。

「おまえはゴキブリも殺せないの？」

「捕まえて外に逃がす」

「うわ、素手でつかめんの？」

「皆に言われるけど、クワガタとたいして変わらないよ。ミヤマとか」

「ここはぜんぜん違うだろってツっこむところなんだろうけど、俺、クワガタって見たことないんだよ」

「ああ、乙女ゲーにクワガタは出てこないよねえ。女の子も飼ってないだろうし」

「夏祭りイベントもカブトムシまでなんだよな」

「そうだねえ。乙女ゲーでオオクワガタやミヤマクワガタなんて」

「需要ないって。背景でも」

「ないね」

「でもさ、男としてはクワガタわからないって、ちょっとかっこ悪くないか？」

「悪いかも。見たことなくても男の子は図鑑や絵本は見るから」

「おまえ捕まえてこいよ」

「無茶言わないでよ、こんな都会で」

深夜に男二人、トラウマ話がいつの間にかバカ話になって、なんとなく空気が和んだ。

「なんだか話してすっきりしたな。ありがとう」

晴れ晴れとした顔で笑う。そこに先ほどの暗さはどこにもなかった。

「おまえが勝手に喋っただけだろ」

「そうなんだけどさ。いままで誰にも話したことなかったんだ。なぜだろう。君は会って間もないのに、自然と話せた」

「あんがい、俺が抱き枕だった名残《なごり》かもな。前の持ち主もよく悩みを俺に話しかけてたよ」

言ってから、穂高と俺の間に、微妙な空気が流れる。

「で、どうすんの？　これから。俺の正体をたしかめなくていいの？」

「うーん、なんだかもう君が元抱き枕ってことでいい気がしてきた」

「いい加減だな」

「そっ、ほんとは僕いい加減なんだよ」

「そんなんでプログラマーつとまるのか？」

「プログラマーって言ったっけ？　それが不思議なことにけっこうつとまっちゃうんだよね」

穂高は微妙な空気を吹き飛ばすような大きなあくびを一つしたかと思うと、そのまま目を閉じて寝てしまった。よほど疲れていたのか寝るまであっという間だった。

「しばらく寝かせておいてやるか」

コーヒーを飲みながらしばらく寝ている穂高を見ていたが、ふと目線が窓の外に向いた。空が白み始めている。夜明けはもう少しだ。

そう思ったとたん、ビルの合間から光が差し込む。まぶしさに目を細める。

急に目眩《めまい》がした。かと思うと体が硬直する。もしかして寝不足の症状なのか。いや、違う。これは……。

「おーい、穂高いるか？」

そう言って入ってきたのは穂高の同僚の二周目メガネもとい五竜君だ。ファミレスの店員と顔なじみなのか軽く手を上げてずかずかと中に入ってきた。

「悪いんだけどこの書類にサインを……」

寝ている穂高に気づいて近づいてきた五竜の歩みが止まった。引きつった顔で俺を凝視している。

なんだか気にくわない顔だ。にらみ返そうとしたが顔がうまくそっちに向かない。ああ、やっぱりこれはそういうことなんだろう。

「あ、ああ、ごめん、ちょっと寝てた」

穂高が目を擦《こす》りながら目覚めた。

「あれ、五竜君どうしたの？　まだやり残していたことあった？」

五竜はしばらく穂高を凝視していたが、やがて俺を指さして言った。

「おまえ、どうして男の抱き枕と一緒に座ってるんだ？」


穂高の寝ぼけ眼《まなこ》が俺に向けられる。しばらくぼんやりとしていたが、その表情が徐々に驚愕へと移り変わった。スローモーションで移り変わる表情はある意味興味深かったが、俺ものんきに観察していられる心情ではなかった。

「ぎゃああ！」

悲鳴を上げたかと思うと、椅子をひっくり返す勢いで立ち上がり、俺に覆い被《かぶ》さってきた。

「あ、いや、これは、違うんだ。誤解だよ。誤解」

必死に俺を五竜の視界から遮ろうとするが、慌てているためうまくできない。穂高の大きな体なら落ち着いてやればできないことはないだろうが、いまの彼にそんな余裕はなかった。悲鳴が店内の視線を集める羽目になった。哀れ穂高、他の客からもファミレスの店員からも、一瞬にして抱き枕（男）と食事をする人間と認定される。

「なにあれ」

「いつのまに持ってきたの？」

「いるんだよなＴＰＯをわきまえないやつ」

「アキバだけにして欲しいよね」

少し離れたカップルのそんな会話が聞こえてきた。穂高の耳にも入ったのか顔はますます真っ赤になり、

「少し落ち着けよ」

五竜が肩に手を置くが、逆効果だ。驚いてびくりとした体がテーブルをひっくり返す。テーブルがひっくり返る騒音や耳障りなカップの割れる音に、店内が静まりかえった。

「わりい。なあ、ここは俺に任せて、おまえはもう帰れ」

「あ、ありがとう」

穂高は何度も頭を下げ、店内に上がった笑い声から逃げるようにしてファミレスを出て行った。

「あ、先輩。今日はどうもありがとうございました」

店を出たところでちょうど知り合いらしい人物と鉢合わせする。どうやらファミレスに入るところだったようだ。

「あ、う、うん」

穂高は曖昧に返事をすると、慌てて抱き枕、つまり俺を背後に隠した。

「なに持ってるんですか？」

「あ、いや、剣君には関係ないよ。だから気にしないで。できれば華麗にスルーして」

俺を見せないように横歩きに後輩の脇を抜けようとする。

「ええ、そう言われるとなんだかよけい気になるな」

後輩が背後に隠しているものを覗《のぞ》き込もうとしたのを、穂高は慌てて飛び退《の》いてかわそうとした。それがよくない。飛び退いた先は自転車置き場だ。

悪い事に穂高は自転車置き場に背中から突っ込んだ。いやもっと悪いのは俺だ。背中にあった俺は、自転車の金属パーツとでかい穂高の間でクッション代わりにされ、思い切り変形した。

いややはり最悪は穂高のほうだろうか。俺はしょせん一瞬つぶれただけだが、穂高は心身ともにダメージを受けてるに違いない。

「ちょっと先輩！」

「大丈夫。気にしないで。じゃ、じゃあね！」

穂高は倒した自転車を秒速の速さで置きなおすと、早足で遠ざかろうとした。

「お疲れ様でした。あ、よかったら今度、男の抱き枕を抱えている理由、教えてくださいねー」

必死の行動すべてが無駄になったことを悟り、穂高はがっくりとうなだれた。

5

抱き枕を抱えた穂高は帰りの電車で周囲の乗客から奇異な視線をあびまくり、近所では誰にも会わないように忍者のように周囲を警戒し、コソ泥のように自宅へ帰っていった。

玄関のドアを閉めるとそのまま背中でもたれて崩れ落ちる。

「いったいどうなってるんだ」

抱き枕の俺を床に置いて覗き込む。

「本当に君は抱き枕だったのか？」

ファミレスで信じてもいいと言ったばかりではないか。あんなのはその場の雰囲気でなんとなく言ったのだとわかっているから、文句を言うつもりはないが。そもそも文句を言うための体がない。

長い時間人間の体をやっていると、抱き枕の体がいかに不自由か実感する。早く人間になりたい。贅沢を覚えた人間がもう貧乏生活に戻れないのと同じ心理だ。

しかしどうして抱き枕に戻ったんだろう。俺は人間になれたんじゃなかったのか。いまにして思えば最初に人間になったときも翌朝、抱き枕に戻っていた。

「なあ答えてくれよ。それともずっと抱き枕のままなのかい？」

不吉なことを言うな。

「ああ、どうしよう。どうすればいい？」

俺が言いたい。俺が聞きたい。

穂高はしばらく絵に描いたようなオロオロっぷりを披露していたが、徹夜の疲労が押し寄せてきたのか、

「寝よう」

と結論づけた。俺もそれがいいと思う。

ベッドを整えたあと、即寝するのかと思ったら、押し入れからなにかを引っ張り出してくる。

俺が軽く感動する出来事がこのあと起こった。

穂高が出してきたのは客用の布団で、ベッドの横の狭いスペースにそれを敷き、俺を丁寧にベッドに横たわらせると自分は客用の布団にもぐりこむ。

「君が人間に戻ったら、起こしてね」

そう言うと、客用の布団に横になった。

昨日はセミダブルのベッドで大の字になっていたのに、客用のシングル布団じゃそうはいかない。でかい図体を折り曲げるようにして寝ている穂高を見て、見かけによらず本当に繊細なやつなんだなと実感した。


空が赤く染まり、陽が沈んだとき、三回目になる感覚につつまれた。

俺はもう狼狽することもなく、ベッドの上でむくりと起き上がる。

穂高は相変わらず下の布団でいびきをかいていた。

どうやら人間に変わるのは夜だけらしいということは、なんとなく察してきた。

しばらく凝り固まった体を伸ばしていると、穂高の携帯から例のレベルアップ音が鳴り響く。けっこうな音量なんだが穂高は起きる様子がない。

「おい、おい、電話鳴ってるぞ。出なくていいのか?」

仕方なく穂高を揺り動かすと、電話に気づいた穂高は時計を見て、あわてて電話を取る。

「ごめん、寝すぎた。今から行くから!」

開口一番そう言うと、やっと俺に気づく。

「あれ？　星月君！　人間に戻ってる！　いつのまに人間に戻ったの？」

「ついさっき」

「よかった。抱き枕のままだったらどうしようかと思った。ちょっと、昨日の残務処理があるから行ってくる。部屋の中のマンガとかゲームとか、好きなことやっていいから。なるべく早く帰ってくるから」

寝癖がついたまま駆け出していく穂高に、がんばれよーと心の中でエールを送ると、俺はPS4の電源を入れた。

今まで見ているだけだったが、やり方はわかっている。やってみたかったゾンビが出てくるホラーアクションゲームを始めると、あっという間に夢中になり時間がたった。

数時間もしただろうか。

なれない感覚が下腹部を襲う。

まさかこれが例の？

俺は一時停止を押すと、リビングを出た。

用を足すというのは初めての経験だ。少し緊張しながらトイレのドアを開けた。

「モアーレ！」

閉めた。

いま見えたものは記憶から消去しよう。うん、なにも見えなかった。あれはただの幻覚。そう思いつつドアが開かないようしっかりと押さえつける。

ドアノブがガチャガチャとなり、ドンドンと叩く音はきっと幻聴のたぐいだ。

「お願い、出して！」

幻聴なのにリアルなのはたぶん人間の体になれていないからだろう。

「あなたに伝え忘れた大事な情報があるの。とっても大事なこと」

変質者と紙一重のおっさんを、いやイコールのおっさんを出していいものかどうか、しばらく迷った。

「せめて電気をつけて。暗いの怖いの」

情けないことを言っている。

九割九分無視すべきだと心の奥底で思っていたが、なぜか残りの一分が打ち勝った。

押さえていたドアの前から一歩引く。

ドアがゆっくり開くと、中から半べそをかいたおっさんが現われた。もとい妖精か、ああもう面倒くさい。おっさんでいいだろう。おっさんのくせに子供みたいに目をこすって泣いている。かわいそうと思うより殺意を抱く人間のほうがはるかに多いだろう。そして俺はマジョリティ側だった。

「いい歳してなに泣いてるんだ」

「だって真っ暗で怖かったんだもの」

鼻水を垂らして泣いている姿を見て誰がこいつを妖精だと思うだろうか。おい、床にたれた鼻水をさりげなく足の裏で拭くな。鼻をかんだトイレットペーパーの紙をその辺に捨てるな。

「それで言い忘れていた大事な用件ってなんだ?」

「うふふ、それは、ひ・み・つ」

人差し指を立ててウィンクをしながら言う。

本能的にドアを勢いよく閉めた。ドアに何か激突したようだが気にしない。中から聞こえてきた盛大な悲鳴はもっと無視していい。

「痛いの。指とお鼻が痛いの。暗いの怖いの痛いの。お願い、開けて!」

そしてさっきと同じ事の繰り返しだ。違うのは「ひみつ」と言ったところでドアを閉める代わりに指先をつまんでねじったことくらいだ。

「言う。言うから離して」

手を離したとき俺は後悔した。なんだか指先がべとついている。もしかして鼻水を拭いた手をつかんでしまったか。

「離したんだから話せ」

おっさんは両手の拳《こぶし》を口に当ててぷぷっと笑う。

「まあ、オヤジ臭いダジャレね」

「いいから大事なことってのを早く話せよ」

そのあとすぐに消えてくれ。

「もう。せっかちなんだから。あなたに伝えなくちゃいけないことは二つあるの」

蓋《ふた》が開いたままのトイレの上でキラキラした何かを撒《ま》き散らしながら、くるくる回る。今回も微妙な位置で空中に浮かんでいた。

「シークレット、ワン！　いまあなたが人間でいられるのは夜の間だけ。日の入りとともに人間になって、日の出とともに抱き枕に戻っちゃうの」

「そうか」

二回も繰り返したんだ。やはりという気持ちがあった。しかしシークレットワンの発音だけやけにダンディな発声なのがヤだな。

それでも夜の間だけとはいえ、人間になれるのはありがたい。おっさんに感謝すべきなんだろうな。なのにそんな気持ちはまったくわいてこないのは、俺のせいではないはずだ。くねくね体をくねらせる自称妖精のピンクのドレスのおっさんに感謝できる人間がいるとしたら、いますぐ連れ来てほしい。

「いいさ。夜の間だけでも人間になれるのはありがたい」

「でもね、それも十二月二十四日までなの」

「まさか昼間も人間になれるのか」

「うふっ、逆よ。あなたはまたただの抱き枕に戻るの」

ほがらかに言う。いまこいつを殴っても俺に罪はないはずだ。ただし実行にはうつさない。さすがに自制心が働いた。涙と鼻水まみれのこいつの顔に触るのはごめんだ。バットか鈍器が必要だ。

「ま、待って。早まらないで。話は最後まで聞いて！」

俺の目線が台所の包丁のあたりをさまよっているのに気づいたのか、おっさんは慌てて言葉をつなげる。

「シークレット、トゥー！　期限までに真実の愛を見つけるとあなたは昼も夜も二十四時間いつでもどこでも人間のままなの。どう、ステキでしょう」

「真実の愛？　見つけたから俺は人間になったんじゃないのか？」

手の甲を口に当てておほほほと笑う。

「人間は昼間抱き枕に戻ったりしない。言ったじゃない。真実の愛を見つけるのよ。相手はもちろん、目覚めたとき目の前にいた人。運命の人と永遠の愛を誓うキッス。忘れないでね」

両手でハートマークを作り、唇をチューの形に突き出すおっさんは限りなくきもちわるい。

しかしその理屈だと相手はやっぱり穂高か。ふざけるな。俺は乙女ゲーのキャラだぞ。何が悲しくてあんなのを口説かなくちゃならないんだ。

「それじゃがんばってね。ばいばい」

手のひらを乙女チックにひらひらさせるおっさんは勝手に閉まったトイレのドアの向こうに消える。再び開けてみたがもうそこにはおっさんの姿はなかった。

直前に水の流れる音が聞こえた気がしたが、まさかそんな方法で去ったとは思え……、いやもう考えるのはよそう。


流水音とともに消えた妖精の行方《ゆくえ》より、俺には考えなくちゃいけないことがある。

穂高を口説く。

いきなり高いハードルを課せられた。

本来の俺なら赤子の手をひねるより簡単な課題だった。

問題は俺の相手が乙女ではなく健全で健康な男だということだ。

「君の瞳にレボリューション」

洗面台の鏡の前で決めポーズと決めゼリフを言う。意味もなく前髪をかきあげた姿勢のまま、俺はしばし硬直した。

誰だこんな決めゼリフを考えた奴は。制作者出てこい。だいたい言葉としておかしいだろ。

和訳すれば君の瞳に革命だぞ。どういうことなのか説明しろ。

このセリフが出ると俺ルート確定なんだが、現実では俺が相手からルートを外されてしまいそうだ。

「ようは相手を口説き落とせばいいんだろう」

抱き枕に戻ることを考えれば、性別の問題など些細なことだ。

穂高に相談するか、一瞬考えたがすぐに頭から追い払った。

俺が口説こうとしても、結局は自分自身のためにやってるとわかれば興ざめだ。どんな口説き文句も空回りだ。まだ「君の瞳にレボリューション」のほうがマシというものだ。

夜しか人間になれないことは話すが、完全に人間になる条件は隠す。

そうすることにした。

6

穂高はわりと早く帰ってきた。まだ十時前だ。あと少し早ければ自称妖精のおっさんとご対面できたのに、何かと間の悪い男だ。

「……から今朝のことはいまから説明するよ」

ドアが開くと同時に穂高の声が聞こえてくる。携帯電話で話しながらの帰宅かと思ったがそうではなかった。耳に電話は当てておらず、後ろを向いて喋っていた。

「あ、ただいま」

すでに穂高は俺がいる状況になじんでいる。どれだけ順応性高いんだ。

「あ、ああ」

とっさに挨拶を返せないうちに穂高のあとに続いて入ってきた人物がいた。穂高の勤めている会社の前で会った同僚の男だ。

イケメン黒髪メガネギャップ萌え二周目。

そいつは片手にぱんぱんに膨らんだスーパーの袋を持っていた。

「よっ！」

気安い感じに片手を上げて挨拶をしてくる。

「いやあ、しかしいい男だな。俺もけっこう自信あったんだけど、あんたには負けるわ」

靴を脱ぎつつ俺の肩を叩くメガネ。

「どういうことだ？」

「今朝のこと五竜君に説明しなくちゃと思って。このままだと僕はファミレスで抱き枕と一緒に食事をする痛い人になってしまう」

「そういうこと。なのでよろしくな。そんな不機嫌な顔すんな。いい男が台無しだぞ」

五竜は気軽に上がり込むとまるで自分の家のように冷蔵庫の中のものをあさり出す。

「なんだ相変わらず何もないな。いろいろ買ってきて正解だ」

スーパーの袋には缶ビールとつまみにちょうどよさそうな総菜のパックが入っていた。

「ねえ星月君も言ってよ。君は抱き枕なんだよね」

「抱き枕？」

首をかしげて語尾を上げる。

「俺が抱き枕ってどういうこと？」

穂高の動きが硬直した。あ、面白い顔で凝り固まってる。五竜がますます不審そうに俺と穂高を見比べていた。

「おい、どういうことだよ」

五竜は話が違うぞと穂高を見るが、そこにあるのは裏切られた表情だけだ。

「本当、本当なんだって。星月君、どうして本当のこと言ってくれないんだよ。いままでずっと自分は抱き枕だって言ってたじゃないか。今朝になって突然抱き枕に戻ったじゃないか」

穂高は肩をつかんで激しく揺さぶってくる。それでも俺はそ知らぬ顔でそっぽを向いて答える。

「なんのことだ？　おまえもう酔ってんの？」

俺たちの様子を五竜がじっと見ている。

どうもこの男に俺の秘密を知られるのは気に入らない。穂高には悪いがここはシラを切らせてもらおう。その結果穂高の頭にはお花畑が広がっていると勘違いされても、俺が困るわけでもない。

しかし穂高は困り果てた顔で、

「五竜君に一緒にたしかめて考えてもらおうと思ったのに」

とつぶやいた。

それでわかった。俺がとっさにシラをきったわけ。

――五竜君と一緒に。

たぶん俺はそれが気に食わなかった。

秘密を共有するのは穂高だけがよかった。

五竜という男が知ったら、こんな奇妙な俺をどうするか、穂高は五竜に相談するだろう。

信頼している一番の友達に。

穂高にそんなつもりはなくても、結局は人間同士の話になり、俺は蚊帳《かや》の外になる。

そんなのはまっぴらごめんだ。

「穂高さん、もう言っちゃえば？ 友達なんだろ。本当は乙女ゲーが趣味なんだって。俺としかノベルゲームの話ができない、職場はコアなゲームマニアばっかりって愚痴はもう聞き飽きたよ」

突然乙女ゲーマニアにされた穂高は、さらに裏切られた顔で俺を見る。知るか。勝手に俺の秘密を喋ったおまえのほうが悪い。

「あ、俺はギャルゲーしかやらないから。メインはオンラインだし。そっちの趣味はないから、一緒にしないで」

と五竜に向かって言った。

「ははは、やっぱりそんなことだと思ったよ」

片手で缶ビールを開けながら同じ手で指さし穂高を笑う。ずいぶん器用だな。

「まあ気にするな。誰にだって人には言えない性癖ってのはある」

五竜はなぜかどこか嬉しそうだった。

「会社の真ん前のファミレスで披露したのはまずかったが、どうせ俺らの業界なんて変人揃いだ。噂なんて七十五日ももたないって。せいぜい一ヶ月くらいだ」

「それでも充分長いよ」

穂高はため息をつきつつ俺を恨みがましく睨《にら》んできた。

「どうしてホントのことを言ってくれないんだよ。それともホントは嘘で、僕がうとうとしているうちに入れ替わったの？」

俺はそ知らぬふりを続けた。

穂高は追及をあきらめて同じように缶ビールを手に取る。五竜が俺のほうにも缶ビールを投げてよこした。

「ほら遠慮しないで飲めよ。いつまでもそんな辛気くさい顔をしてるな」

「だっていきなりわけわかんないこと言われてさ。穂高さん、働きすぎなんじゃないの？」

「そうだな、疲れてるんだよ、穂高。そういうことにしておこうぜ」

穂高はうなだれたまま缶ビールの蓋を開けた。


小さなテーブルを囲んだ飲み会は夜中まで続いた。喋っているのはほとんど五竜で、感心するほど話題は豊富だ。見た目もよくて話術に長《た》けているならさぞかしモテそうだ。

さすが二周目黒髪メガネということか。

ためしに話をふると、

「女はもうめんどくさい」

という世の中の99パーセントの男が聞いたら殴りかかる答えが返ってきた。

「穂高、いいのか？　なんか言ってやれよ」

ほとんど聞き役だった穂高は半寝状態だったが、

「んー？　五竜君はねえ、もてるからねえ。本気のときは少し訛《なま》りが出て、それがまたかっこいいんだよねえ。後輩はみんな、それを聞いただけでヤバい！　って震え上がるんだ。逆に女の子なんてあれで口説かれたら即オチるよねー」

そんな答え求めてねえ。おまえまで二周目キャラのギャップにやられてんのかよ。

「田舎どこ？」

「兵庫。播州《ばんしゅう》の言葉は乱暴だからな。おまえは？」

「俺？　ヴァナディール」

「それ日本じゃないだろ。ＭＭＯかよ」

「俺は二次元の住人なんだ」

ま、あながち嘘じゃない。

そんな馬鹿話をしながら、深夜十二時を回ったころ、穂高は酔いつぶれてその場に横になって寝てしまった。

「おまえ、ほんとに弱いな」

あきれつつも五竜は穂高にタオルケットをかけてやる。

「君は強いね」

「ああ、今日初めて知った」

「え？　酒飲むの初めてってこと？」

「言ったろ？　ニートでヒキコモリなんだよ」

「はは、そんなに容姿に恵まれてるのに、ほんと変わったやつだな」

それから俺たちはしばらく無言でビールを飲んだ。さっきまで次から次へと話題を繰り出していた五竜は、人が変わったように黙っている。にこやかな表情だけは変わらないのがかえって不気味だ。

「星月君、本当は穂高のなに？」

唐突に問われて俺は返事に困る。

「親戚だけど」

五竜と鉢合わせたとき穂高がとっさにでっち上げた設定を口にする。

「そう？　おまえみたいなかっこいい親戚がいたら、聞いてそうなもんだけどな。こいつからいままで何回家族や親戚の話を聞いたことか。でもたいていその手の話が面白いのは身内だけだ。俺にはあくびの出る話だ。ワガママなのに可愛いって妹とか、おばあちゃんのインコとか、拾ってきた犬の話とかな。なあおかしくないか？　そんな退屈な話よりあんたみたいな美形のヒキコモリ青年がいるって話をしたほうがずっとずっと面白い」

笑顔のまま目線をまっすぐに向けてくる。いろんな意味で穂高とは正反対の男だ。

「ファミレスで待ってるはずが急にいなくなるしな」

「あんなに待たされたら普通帰るだろ」

「かわりに抱き枕を置いてか？」

「だからなんだよそれ。俺は知らないって。あんたこそさあ、さっき気になること言ってたよね」

「なに？」

「女はもうめんどうくさい？　だっけ？　女は、ってことは男ならいいわけ？　俺もそうという女にもててきたけど、面倒くさいなんて思ったことないね」

「言葉のアヤだ。忙しい社会人になればわかるよ、ニート君。あ、ごめん、これも言葉のアヤ」

いよいよ高飛車嫌味黒髪メガネの本領を発揮してきたぞ。

「ふうん？　忙しいのに週末は同僚の家で朝まで飲むんだ。穂高のゴミのビンとカンは、ほとんどあんたが飲んでんだろ？」

ためしに言ってみたら図星だったようだ。

「そんな時間あるなら、女とつきあえるよな。誰にでも人には言えない性癖があるとも言ってたよね。ああ、あんがい、穂高に気があるとか？　俺は田舎もんだからよくわからないけど、都会じゃよくあるんだろ、ゲイとかホモとかそういうの。会社の入り口まで迎えにくるくらいだもんなあ」

なんか雰囲気悪くなって、俺は黙った。俺のせいじゃないけどな。

しばらくの沈黙ののち、五竜は気の抜けた笑顔で肩をすくめた。

「悪かった。初対面なのにいろいろ詮索されたら気分悪いよな」

と素直に謝ってきた。

「さてと、今日は帰るか」

五竜は立ち上がると帰る身支度をする。

朝日が昇るまで居座られた場合、俺の素性をごまかす方法を考えなければと思っていたが、どうやらその心配はなさそうだ。

「ああ、そうだ」

五竜は無造作にクローゼットや押し入れを開けて中を覗き込んだ。

「なにしてるんだ」

「間男を探してるんだ」

「はあ?」

いったい何を言っているのか。こいつの言葉はどこまで本気でどこまで冗談なのかいま一つわかりにくかった。

「ははは冗談だ。あの抱き枕がどこにもないなって不思議に思っただけだ。会社に持ってくるくらい大事にしてるっぽいのにな」

押し入れを閉めると今度こそ靴を履いて玄関を出る。

「あんがい、おまえが抱き枕の化身だって話本当かもな。こんど俺もイケメンの、じゃなくて可愛い女の子の抱き枕でも買ってみるか」

からかうように笑いながら五竜は軽く手を振って帰っていく。

言葉の真偽がつかめず、俺はしばらくその場に立ち尽くすしかなかった。一番深刻な立場だったはずの穂高は幸せそうな顔でいびきをかいていた。

7

穂高という男はお人好しと馬鹿を足して二で割るんじゃなく、足したあと三で掛けたような人間だった。

俺が昼の間は抱き枕に戻ると白状すると、そうか大変だねと同情する。それどころか自分の秘密はできるだけ内緒にしておきたいと伝えると、このまえ五竜を連れてきたのは悪かったと謝る始末だ。

俺のために昼はクーラーをかけっぱなしにしてくれ、夜はあいかわらず当然のように俺にベッドを譲り、自分は客用の布団で床で寝る。

「プログラマーの特技はね、会社の机の下とか、ダンボールの中とか、並べた椅子の上で寝ることなんだよ」

と布団なだけで上等と朗らかに笑うが、暑い夜は寝苦しそうに寝返りをうっていることを俺は知っている。

俺が人間から抱き枕に、あるいはその逆が起こると大げさなくらい驚いていたが、それも

最初の数回だ。十回も見ると、

「すごいねえ。どういう原理なんだろ」

とパンにバターを塗りながら言う程度になってしまった。

今日も夜帰ってくると当然人間になった俺がいるという状況になじみ、二人分の夕食を手にしている。朝はもちろん一人分だ。

「いただきます」

コンビニの弁当でも律儀に手を合わせる穂高に向かい、先に食べ始めていた俺は、ちょっと言いたいことがあるんだけどと切り出した。

「なに?」

「昨日の昼間みたいなことはやめてくれ」

「昨日って?」

やっぱり覚えてないのか。


昨日の昼間、こいつはへろへろになって帰ってきた。マスターアップ、つまりゲーム作りの最終段階で鬼のように忙しい。

朝早くに出勤して夜遅くに帰ってくる。基本的に泊まりは禁止らしいので毎日律儀に帰ってくる。いつもへろへろだ。猫パンチでも余裕でＫＯできるに違いない。

「ただいまー」

その日は珍しく夕方に帰ってきた。とは言っても休日出勤。弱小のゲーム会社だから休日出勤手当てなんてついているかあやしいものだ。

穂高はふらふらとした足取りを加速させ、そのまま倒れ込むように床の布団に倒れ込み、勢い余って、ベッドの側面に激突した。普通ならのたうち回りそうな衝撃だったが、穂高はそのまま爆睡だ。

代わりに俺が悲鳴を上げる羽目になった。ベッドの上に置かれていた俺は衝撃で転がり、ベッドからはみ出て落ちた。

抱き枕の体故《ゆえ》に痛みはないが、人間の体になれてしまい枕が転げ回る衝撃に恐怖を抱いてしまう。

ベッドから落ちた先には穂高の寝顔だ。しかしこの状況はつらい。視界に映るのは穂高だけであとはほとんど何もない。

仕方ないので穂高の寝顔を観察する。なんとものんきな寝顔だ。こればかりはどんな状況でも変わらない。初めて会ったときも、仕事で忙しいときも、寝顔だけは幸せそうだ。

「おおい、イワオこっち……」

なにやら寝言を言っている。イワオってなんだ？

疑問に思っているうちに穂高の手が伸びてきたかと思うと、巻き付くようにして俺を抱き寄せた。

「イワオは今日ももふもふだなあ」

おい誰がイワオだ。もふもふってなんだ。俺は太ってもいないし、毛深くもないぞ。乙女もびっくりのツヤツヤだぞ。ともかく離せ。離しやがれ。しかしどんなに怒鳴ったところで、俺の声が穂高に届くことはない。

鼻先どころか、目と目のめり込んだ間に穂高の顔があった。俺の顔のクッション部分に穂高の顔が完全に埋没している。

陽が落ちて人間の体に戻るまでのがまんだ、そう言い聞かせた。

しかし本当の悲劇は陽が落ちてから起こった。

俺の顔にめり込んでいた穂高の顔。夕焼けとともに三次元になる俺の顔。それが重ね合わさるとどうなるか。

「うわあああああ」

かくして、俺の人間としてのファーストキスは、よだれを垂らして寝ている穂高に奪われた。

最後の、俺のプライドと男の沽券《こけん》と人としての尊厳にかかわる部分ははしょって、穂高に事の次第を話し終える。

穂高には言わないが、もうひとつショックなこともあった。『運命のキッス』とやらはただ唇が触れ合えばいいわけじゃないことも確認できた。

ああ。超高難度ルート確定だ。

ことの顚末《てんまつ》を聞いた穂高は、から揚げを頰張《ほおば》りながら言った。

「ごめんね。でもずっと抱きしめてたなんて、よっぽど君の抱き心地がよかったんだろうね」

穂高稜はこのようなことをあっけらかんとした顔で言う油断のならないやつだった。無自覚なだけにタチが悪い。

合コンかどっかであっさり彼女を見つけかねない。クリスマス直前だったりしたら俺の人生ゲームはバッドエンドだ。

「イワオは実家で飼ってる犬だよ。イワオなら逃げ出すけど、君はできないもんね。ほんとごめん。おわびに来週はどこにでも連れていってあげる」

「おわびになってないだろ。夜はたいていどこかに行くんだ」

せっかく人間になったのだから、いままで見たことないものをいっぱい見るべきだと、夜になると穂高は時間の許すかぎり、どこかに案内してくれた。それは飲み屋であったりゲーセンであったり公園であったり（男同士の夜の公園はかなり浮いていた）レンタカーのドライブであったり野球であったり縁日であったり、とにかくいろんなところに連れて行ってくれた。

普通に考えればいままでしてくれたことを考えれば、ずっと抱きしめていたことくらいチャラ、いや、おつりがくるというものだが、穂高の中にそのような損得勘定はなかった。

「次はどこに行きたい？」

「飽きた」

俺の言葉に穂高は目をしばたたかせる。

「飽きたって何が？」

「夜出かけるのにだよ。飽きたというかなんとなくむなしくなった。夜ばかりだと人間は憂《ゆう》鬱《うつ》になるらしい」

「そうか、そうだよね。昼夜逆転だと鬱になりやすいっていうしね」

「そこは、おまえ人間じゃないだろってツッコミを入れてもいいんだぞ」

「そんなブラックジョークは言わないよ。でも困ったね」

わがままなことを言っても嫌な顔一つしない。よほど妹がわがままだったに違いない。

「そうだ、今度昼間に出かけようか。にぎやかで気分が明るくなるところに」

「出かけるってどうやってだよ？」

「抱き枕に戻ってても見たり聞いたりすることはできるんでしょ。だったら僕が運んであげるよ」

　ほがらかに言ってのけるが、こいつはたぶん自分の言っている内容を理解していない。

「ファミレスでちょっと人に見られたくらいで慌てふためいてたおまえが、俺を真っ昼間に運ぶって言うのか？」

「そこはほら、上から何かかぶせて抱き枕だってわからなくすればいいんだよ。目の部分だけは開けておけばいいよ」

「そうだな。カバーがかかった細長いクッションのようなものを持った男が、真っ昼間から出歩くか。しかもカバーにはスリットがあってそこから絵の目が見えているんだ。うん、なかなか面白い趣向だ」

「うるさいな。恥ずかしい思いをするのは僕なんだから、星月君には関係ないじゃないか」

　恥ずかしい思いをさせる当事者を関係ないという穂高は、かなりの剛《ごう》の者だ。

　穂高はおもむろに押し入れを開けると、なにやら荷物をひっくり返している。

「なにしてるんだ？」

「材料を探してるんだよ」

「材料？」

　穂高は答える代わりに一枚のシーツを取り出して広げて見せた。

「じゃーん、これで抱き枕のカバーを作るよ」

一時間後、不格好ながらも抱き枕を包むカバーができあがった。

8

想像してみてほしい。

電車で隣に座っている大柄の青年。手にはいびつな細長い棒状のものを抱えている。棒の上部には横長のスリットがあり、そこから目らしきものが見えている。

「ほら見える？　これが昼間の電車だよ」

青年はいびつな棒状の何かにそんなことを話しかけている。

不気味だ。限りなく不気味だ。そしてそんな不気味なやつが座っていたら、隣に座っていた女性が隣の車両に移動したのもいたしかたない。反対側に座っていた男性が舌打ちしながら立ったのも当然だ。

かくして穂高《ほたか》の両隣は空席となったが、立っている他の乗客は座ろうともしない。

「あれがスカイツリー。この前に昇ったよね。へえ、こんなところからも見えるんだ」

カバーに包まれた俺を動かして穂高はしきりに解説をしていた。両隣がいなくなったことに気づいていないのか、あるいは気にしていないのか。どっちにしても大物だ。

向きを変えるためくるくる回されるたびに車内を一望することになるのだが、みなの視線が痛々しかった。

「ほらついたよ。ここが夢の国の遊園地だ」

千葉にありながら東京を名乗る遊園地を前にして、怪しいものを抱きかかえている人間が立っていても、来場者は避けるどころかぶつかるようにして追い抜いていく。ここの客層は気合いが違うらしい。

穂高は長蛇の列になっているチケット売り場には並ばず、そのまま入場口までまっすぐ歩いて行った。

「君の言いたいことはわかってるよ。でもほら、僕はもうチケット二枚持ってるんだ。いまはコンビニでも買えるからね。ここの売り場に並ばなくてすむ」

そんな手際のいいことができるなんて穂高らしくない。

「ははは、白状するとホントは五竜《ごりゅう》君に聞いたんだけどさ」

そんなことだと思った。

「そういえば五竜君、君に会いたがってたよ。直接口にはしなかったけど、いつまで僕のアパートにいるんだって聞いてきたから」

それはさっさといなくなってほしいって意味じゃないか。あいつはどうも俺の存在を邪魔に思っているっぽい。

「さあ行こうか」

チケットを二枚手に入場口に入っていく。ん、そういや二枚って言ってたしな。誰の分だ？

まさか五竜が来ているのか。

しかし穂高は常に予想の斜め上を行く男だった。

チケットを改札機みたいな機械でチェックして抜けると、そばにいる係員（テーマパークではキャストって言うらしい）に話しかけた。

「もう一人分、機械にチケットを通させてください」

「どのような目的でしょうか？」

係員は少し戸惑った様子で、それでもにこやかに変なものを抱えた怪しい青年に応える。プロだな。

「本当は二人いるんです。彼です」

そう言って穂高は係員の人だけに見えるようにカバーを少しめくった。俺の目の前に引きつった顔の係員がアップになる。ああかわいそうに。同情する。こいつの天然さは筋金入りだ。おまけにバカなんですよ、キャストさん。

「わ、わかりました。少々お待ちください」

それでも了解し、チケットをもう一枚通してくれた。

「変なことをしたのはわかってるよ。でも一人分で入るってことは、君を物扱いしたみたいで嫌だったんだ」

律儀と言うべきか。でもバカ呼ばわりして悪かったな。やっぱりバカだと思うが、世の中にはいいバカと悪いバカがいるって学んだよ。

「最初はジェットコースター系かな」

穂高はとにかくツワモノだった。

アトラクションでキャストに人数を聞かれたとき強気に二人と答えた。もう一人はこいつですと入場口の再現をする。

かくして乗り物の最前列には穂高、その隣に安全バーで挟まれた抱き枕の俺という構図ができあがった。後ろの席から聞こえる笑い声は決してアトラクションを楽しみにした笑い声ではあるまい。

一つだけ心配事があった。いや心配事は無数にあったがいま現在直面している心配事が一つあった。

穂高は裁縫が得意ではない。ドヘタクソと言ってかまわないだろう。他の人へチラ見せするたびに、糸がほつれている。

さて俺の記憶に違いがなければこのアトラクションの最後にはライドショットというものがあるらしい。乗り物の勢いが最高潮に達し、みんなが悲鳴をあげている瞬間をパシャリというやつだ。

なぜ詳しいかと言うと前の俺の持ち主だった女の子が、このテーマパークのマニアだったからだ。いつか星月君《あかり》と一緒に乗るのが夢なの、と語っていて、俺も行ってみたいと思ったものだが、かなった夢は残酷なことにその女の子とではなく、のほほんとしたバカ男とだった。

さてアトラクションの乗り物が勢いよく動き出し風圧でカバーがめくれそうになる。

ああ、嫌な予感は当たりそうだ。


ジェットコースターの乗り物が一周して最初の搭乗口に到着する。そこで次の乗車を待っていた人達が俺たちを見るにつれて、表情をひきつらせ、あるいは苦笑し、あるいは爆笑していた。

「なに、あれ？」

「痛すぎだろ」

「ない。あれはない」

そんなセリフが聞こえてくる。

穂高は固く握りしめていたバーから手を離すと、

「いやあ意外と怖かったね」

と言いつつ俺のほうを見た。見た状態で硬直した。

穂高が狼狽《ろうばい》したのも無理はない。乗り物の風圧でめくれてしまったカバーはどこかに飛んでしまい、俺が印刷された抱き枕がむき出しになっている。

もともと係員は察していたが、ここにきて周囲の人間全員が知ることとなった。

「わっ、わっ！」

穂高は一生懸命隠そうとするが安全バーがおりているのでうまく動けない。

「安全バーが上がるまでそのままでお待ちください」

穂高はしかたなくおとなしく待つことにしたようだ。うつむいたまま、みんなの視線と嘲笑にじっと耐えている。さすがの俺も少しだけ悪い気がしてきた。もとはと言えば俺のわがままのせいといえなくもない。

ようやく安全バーがあがると穂高は俺を脇に抱えてのろのろと歩き出す。悪いが穂高、試練はもう一つあるぞ。

アトラクションの出口付近にはモニターが並び、そこにはライドショットの写真が並んでいた。その中には乗り物の最前列で抱き枕を隣に、バーから両手を離し浮かれている穂高の姿もあった。

俺たちが写っているモニターの前には大きな人だかりができていた。携帯電話で写真を撮っているやつもたくさんいる。

「すげー気合い入ってるな」

「ウケる」

「夜乃星月《よるのせいげつ》だよ。乙女ゲーのキャラ」

「二次元？」

「あれ、この人じゃない？　抱き枕持ってる」

呆然《ぼうぜん》と写真を見ている穂高に一人が気づいた。モニターに向けられた視線は、抱き枕を脇に抱えている男へと移り変わった。

そのうちの誰かが拍手をした。拍手は伝播《でんぱ》し穂高はあっというまに拍手に包まれてしまった。

好意的な拍手ではなく道化に向けられる拍手。穂高は困ったような笑顔を浮かべて、アトラクションから出て行った。

災難だったな。

「みんなが面白がってくれたらならそれでいいよ」

負け惜しみのような言いぐさだったが、それでもどこか嬉《うれ》しそうに笑っているところが侮れない。

それからの穂高は完全に開き直っていた。

堂々と俺をさらけだし、歩き回り、乗り物に乗りまくり、シンボルのお城を背景に記念撮影までやってのける。

そこでもキャストと呼ばれる係員は動じこそしたものの笑顔で「お二人さん、もう少し肩をよせて」とか言ってシャッターを切ってくれた。

今日は穂高を含め人間の本気を見た気分だ。

レストランにも一緒に入りしっかり向かいの席に座らせる。しかし注文は一人分だ。

「君は食べられないからね。残したら悪いでしょ」

チケットは二枚分買うくせに、こういうところも律儀なやつだ。

「どう？　今日は楽しかった？　夜とは違っていろいろ新鮮だったんじゃないかな」

食事を終えると問うてきた。

退屈だったと言えば嘘になる。

今も横のカップルが抱き枕に話しかける男をややヒキ気味で見ているものの、席を立つでもなく嘲笑するでもなく、生暖かい目で見てくれている。

動くことも喋《しゃべ》ることも不可能な、見ることしかできない体だが、それでもいろんなアトラクションやショーを体験できた。抱き枕の身には分に過ぎた経験だろう。そこは素直に穂高

に感謝したい。

「僕も楽しかったよ」

勝手に「僕も」と言うあたりに穂高の図々《ずうずう》しさが表れていた。それとも俺の気持ちがじつは読めているのか。たまにわかっているのではないかと疑いたくなる。陽が沈んで人間になったら開口一番で問い詰めてみようか。

「今日の日没は六時くらいなんだよ。楽しみだね。あ、その前に君を人目につかないところに隠さないと」

ほら、いまもそうだ。本当はあのおっさん妖精みたいに俺の言っていることがわかってるのか。

「やっぱり一番楽しかったのは真っ暗なジェットコースターだね。思わず何回も悲鳴出ちゃったよ。星月君だって本当は悲鳴あげてたんじゃないの。はは、やっぱりそうだ。怖がりなんだね」

どうやら気のせいらしい。完全な独り言に俺も隣のカップルくらいヒイていた。

「そろそろ行かないと」

時計を見て立ち上がった穂高は、俺を抱えて広場の中央に行くと、小さい丸印のある地面にレジャーシートを広げた。ぎりぎり二人分くらいのスペースだ。その場所には他にも何人かが同じようにシートを敷いて座っていた。

男女のカップルもいれば、ばかでかいカメラを持っている男もいる。子供くらいある大きなぬいぐるみと並んで座っている女性もいた。ここは少々変わり者が多い。

「ここから見るパレードがすごいんだって。絶対最前列で見ろって言われた。大人気だからけっこう前から場所取りしないと駄目なんだ。花見みたいだね」

そう言って穂高は自分の隣に抱き枕の俺を座らせた。場所取りで抱き枕を使ったらひんしゅくを買いそうなものだが、意外と周囲の反応は暖かい。とくにぬいぐるみと一緒に座っている女性は、同類を見る優しい目をしていた。

「ええとパレードの時間が七時半だからあと二時間半くらいかな」

時計とパンフレットを確認しながら言う。

それまでずっとここに座っているのか。ラーメン屋より並ぶのか。人間の根性にはつくづく感服する。

「さすがに歩き疲れたよね。休むのにちょうどいいかも」

そうか。俺はずっと脇に抱えられていたから疲労とは無縁だが、穂高は違うだろう。くわえて俺を持ち歩くという精神的疲れもあったに違いない。

レジャーシートの上に座り込むとどこかぼんやりと空を見ていた。

「すっかり秋の空だなあ。涼しくて気持ちいい日だね」

俺と穂高が出会ってから一ヶ月経《た》とうとしていた。まだ残暑が残る九月とはいえ、穂高の言うとおり今日は気持ちのいい日だった。

俺も何も言わず、ただ穂高と同じ空を見る。

退屈だと思っていた待ち時間なのに、何も言葉をかわさないのに、同じ空を見上げているだけで、なんだか満たされた気分になるのは不思議だった。

ぼんやり空を見上げていた穂高が、ウトウトし始めた。しかも俺をクッションにして、折れ曲がるくらいに抱きしめてくる。というか実際に折れ曲がっている。視界の半分は寝ている穂高のアップで、残り半分はその様子を見て笑っている他人の視線。

秋晴れの空もパークの景色もあったもんじゃない。

だが俺も鬼じゃない。しばらく穂高を寝かせておいてやることにしたが、穂高はいっこうに起きる気配がなかった。

ヤバい。このままだと夜になる。大勢の前で人間になる瞬間を見られてしまう。おい、起きろ。早く起きろ。

「お客様、申し訳ありません。パレード待機列での睡眠はご遠慮いただいております」

キャストの人が穂高を起こしてくれた。間一髪だ。

「あ、すみません。ってもうこんな時間」

った。

もう日没間際だ。

隣のカップルに自分達の場所を見てくれるように頼んで、穂高は俺を抱えてトイレに向かった。

コインロッカーから慌しく荷物を出して、一直線に男子トイレに向かった。

誰もいないのを見計らって、狭い個室に二人で入り、俺が人間になったあと、服を着替えて靴を履く。

ただでさえ穂高がでかいから、個室のなかはぎゅうぎゅうで、そこで無理やり着替える俺はなんかもう手品の中の人になった気分だ。

かくして日没から数分後、男子トイレの個室の中から俺と穂高の二人が出てきたことに、他の男性達はぎょっとする。

しかし俺も穂高もその程度の視線なんてもう蚊に刺された程度だ。

俺はようやく自分の足でテーマパークの敷地を歩くことができた。穂高に抱えられて移動も楽だが、やっぱり自分の足のほうが数倍いい。

パレードの並んでいる列に戻ると、誰もが驚いた顔で俺を見る。抱き枕を抱えたちょっと変な男が、今度は俺みたいなイケメンを連れて戻ってきたんだ。驚かないほうがおかしい。

「どうもありがとうございます」

隣のカップルに礼を言いながら穂高は自分達のシートに座った。俺もその隣に座る。

「あの、抱き枕はしまってきちゃったんですか？」

カップルの女性のほうが目を丸くしたまま聞いてくる。

「俺ですよ」

そう答えるとますます相手は驚く。

「からかわれてるんだよ」

男のほうが苦笑いするが、

「でもそっくりだよ」

と女性が返す。

その向こうではぬいぐるみと並んでいた女性が突然ぬいぐるみに向かって話しかけ始めた。

ちょっと待て。熊のぬいぐるみがここで本物になったらそれはそれでまずいだろ。

「すみません、あの、ぶしつけですが、どこかプロダクションに所属してますか？」

「え？　俺？　とくにどこにも」

こんどは後ろで大きな一眼レフを持ってた男が話しかけてきた。

「もしよかったら、撮影会のモデルを頼めないかと。私はアマチュアですがセミプロの方も参加するちゃんとした撮影会です。謝礼も出ますので」

礼儀正しく男性が名刺を出してくる。

「男でもいいの？」

「あなただったら、ぜんぜんＯＫです。もちろんヌードとかじゃありません」

「……考えときます」

周囲の人は皆驚いている。

うん、なんだか気分がいいな。ちゃんと人として接してもらえるのは気持ちいい。

今日一日嘲笑の対象になって忘れかけていたが、俺は「まるで星と月の光を集めて造られたような絶世の美青年」だったんだっけ。ん？　絶世って男にも使うのか？　まあいいや。

穂高が笑いものにならないのも素直に嬉しい。俺の横ですっかり空気扱いだとしても。

最初は驚いていた周囲の人々もすぐに自分達の時間へと戻りだした。

やがて照明が暗くなり園内の音楽が変わりノリの良いリズムになった。

「あ、始まったみたいだよ」

周囲の雰囲気も変わる。いままでののんびり待っていた雰囲気が引き締まった。後ろを振り向けば、人垣がどこまでも続いている。いったい何人いるんだ。何百人、いや何千人、周囲を見渡せば万に届きそうな人数だ。

どこもかしこも人に埋め尽くされているように見えて一カ所だけ、いや一本だけ人のいない場所があった。

その一本の道の向こうから華やかな色とりどりの光が見えてくる。電飾で飾られた様々なキャラクターやフロートやダンサー達だ。

壮観な眺めだった。目の前をいろんなものが通っていく。手を振っているキャラクターにはなぜか自然と手を振り返してしまう。

「綺麗《きれい》だな」

「うん」

穂高も浮かれた様子でパレードに見入っていた。

「今まで何回か見たことあるけど、最前列はぜんぜん違うや」

「何回かって彼女とか？」

「……そりゃあ、大学生のころとかね。最近は忙しくて出会いすらないよ。続いても三ヶ月がやっと」

「納期前に別れるんだろ。私と仕事とどっちが大事なの？　みたいな」

「それならまだいいよ。忙しくしてたら自然消滅とかね。街角で偶然会って彼氏紹介されたときはまいったなあ。俺はまだつきあってたつもりだったのに」

「どっちもどっちだな。でも意外な気もする。おまえ優しいじゃん。俺にはこれだけしてくれるのに、まだ足りないって彼女は言うの？」

「それは君が昼間動かないから、満足度が高いんだよ。僕だって、休日の昼間は思いっきり寝られるからね」

そうか。人間の恋人だったらそうはいかないよな。

穂高攻略ルートとしては抱き枕で良かったのか悪かったのか。そんなせんなきことを考えているうちに、パレードは中盤を過ぎる。

穂高が遠くに見え始めたフロートを興奮気味に指さした。

「あ、あの映画大好きだったんだ！　新しくできたんだ」

緑を基調にしたフロートがやってきた。

この映画は俺も知っている。持ち主だった女の子がよく観ていた。

俺と同じように、おもちゃ達にも自我があって、お互いが持ち主の男の子の関心をかおうとしたり、仲間を助けに冒険に行ったりするストーリーだ。

俺が観たことがあると告げると、

「ほんとに？　3は特に名作だよね。僕、最後泣き通し」

「おまえはストライクゾーンど真ん中だろうな」

「星月君は？」

黙ってしまった。

あのラストはたしかにいいと思う。でも、それはあくまで人間側から見た話だ。おもちゃは歳《とし》をとらない。できることならいつまでも自分の持ち主に可愛がってもらいたいんじゃないんだろうか。

もちろん人間同士だって終わりは来る。別れるなんて普通だし、極論すれば必ず死がくる。でも意志の疎通ができて、自分の気持ちをぶつけることができる。

俺たちにできるのは、ただ想って、見てるだけ。

前の持ち主の女の子だって、現実の彼氏ができて俺を捨てた。これは人間的にはまっとうに成長したってことだろう。俺だって嬉しかった。でもその気持ちを告げることも、一緒に喜んであげることも、何もできなかった。俺が見た最後の姿は俺をゴミ捨て場に捨てて泣きながら去っていく姿。

もし俺が、期限を過ぎて抱き枕のままになってしまったら。

優しいこいつのことだ。捨てはしないだろう。でもきっとあきらめて、恋人ができたら困ったように「大事な預かり物なんだよ」とか言ってクローゼットに入れられて、結婚して子供ができたら押し入れの奥のダンボールの中だ。

つらい、つらすぎる。

かといって真実を告げて穂高に捨ててもらうのか？　こいつに？　想像しただけで穂高のトラウマはマックスだろう。

だいたい抱き枕が『俺を愛せないならその手で俺を引き裂いて殺してくれ』ってどんな修羅場だよ。文字通りなのが怖すぎる。しかもクリスマスイヴに。

悲惨を通り越して笑える。笑うしかない。

でも笑えなかったので、その先を考えるのをやめた。

人間になればいいんだ。

「どうしたの？」

押し黙ってしまった俺を穂高が心配そうに覗《のぞ》き込む。

パレードが終わりに近づき、最後のフロートが音楽とともに光の道に消えていった。

いっせいに人垣が動き出す。

俺は無防備にぶら下がっている穂高の手を握った。しっかりと。

穂高は驚いたように俺のほうを見た。そのあとすぐににこりと笑う。

「どうしたの？　トイレ我慢してた？」

ああ、そうだ。これが穂高だ。

「今日は、ありがとう。本当に嬉しかった」

もはやまちがえようのないように、指を絡《から》ませる。こんな握り方をするのは恋人同士くらいのものだ。

同時にゆっくり顔を近づける。

「え、え？　星月君？」

「穂高、これが俺の気持ちって言ったら……どうする？」

「冗談、だよね？」

「本気」

キスする間際で穂高の態度がかわる。明らかに冷や汗を流し笑おうとしたが引きつった顔になり、目をそらす。

それから数秒にも満たないうちに、無理矢理手をふりほどいて人混みの中に消えてしまった。

呼び止める暇もなかった。

背の高い穂高は人混みの中でも目立ったが、それでも何百何千という人の中ではあっというまに埋もれてしまった。

俺は追いかけることもできずその場に立ち尽くした。

穂高の態度は予想内、のはずだった。当然のリアクションで、むしろその気になられたら驚いて逃げるのは俺のほうだったろう。お互い様だ。俺も同じだ。勝手なのはわかっているけど、だけど。

穂高が、あの、今日一日好奇の目にさらされ続けて、平気なはずないのに平気な顔で、ずっと笑顔で俺を連れ歩いてくれた穂高が。

俺がキスしようとした瞬間に、真顔になって笑顔が消えた。

パークの盛り上がりはまだ続いている。次々上がる花火を背に、足取り重くパークの出口まで来た。

「一人で帰れるの？」

穂高が立っていた。俺は周りを見渡して言う。

「よくここに来るってわかったな」

パークの出口は一カ所とはいえ敷地は広く人が通れるゲートはいくつもある。

「なんとなくここかなって思ったんだよ」

「勘がいいんだな」

「はは、嘘だよ。本当は必死に探してたんだ。星月君は目立つからね。簡単とは言わないけど探せたよ。あとは向かってる出口の方角に走って待ってた」

そう言って笑う穂高だが、いつものような屈託のなさは欠けていた。無理しているのがまるわかりだ。いまだって俺を直視できず目が泳いでいる。おどけたような仕草でごまかしているが、目を合わせたくないのはあきらかだ。

俺がなにも喋らないでいると、あたりさわりない言葉もつきたのか穂高も押し黙ったままうつむいてしまった。

「先に帰ればよかっただろ」

ようやく出た俺の言葉は最悪なものだ。俺も穂高も傷つけてしまう最悪の言葉だ。

「帰り方わかるの？　それに電車賃なんて持ってた？」

「わからなくても金がなくても問題ない。朝になれば誰かが拾ってくれるだろ」

穂高の表情が歪《ゆが》む。

わかっていたはずなのに、その表情を見たとたん胸の奥が痛んだ。

「寂しいこと言わないでよ」

いままで聞いたことのないかすれた声だ。

「悪かった」

謝るくらいなら最初から言わなければいい。中途半端な存在の俺は、態度も半端者だ。

「一つ聞いていいかな」

何を聞きたいかは明白だ。最初に問題に向き合ったのは穂高のほうだ。俺は顔をそむけたままうなずくのが精一杯だ。

「どうしてあんなことしてきたの？」

答える言葉を捜して逡巡《しゅんじゅん》している間も穂高はまっすぐに見つめてきた。

「人間になりたいからだよ」

「君は人間じゃないか」

「どこが人間なんだよ。昼間は抱き枕だ」

「僕は君を抱き枕だと思ったことはないよ」

よく言う。たまに枕として使うくせに。

「そんな体もクリスマスまでだけどな」

「え、もしかしてクリスマスからは昼間も人間になれるの？」

こいつもたいがい脳天気だ。いや人のことは言えないか。俺も同じ事を思った。

「いいや、人間になれるのはクリスマスイヴまでだ。クリスマス以降はただの抱き枕だ」

穂高は脳天気な笑顔のまま凍り付いた。

「こんなときに悪い冗談はやめようよ」

取り繕うような笑顔がいらだたせた。

「そうだな。悪い冗談ならよかった」

「それで自暴自棄になってあんなことをしたの？」

「まさか。俺は完全な人間になるのをあきらめてない」

「人間になる方法があるの？　それがさっきのこととなんの関係があるの？」

「関係おおありなんだよ！」

胸の内で押さえつけていた何かが爆発した。

「人間になりたいからおまえを口説こうとしたんだ。俺が人間になるにはそれしかなかったんだ」

それからは堰《せき》を切ったように言葉が飛び出してきた。自分でも止めようがなかった。穂高に向かって、一ヶ月前、妖精のおっさんに最初に言われたことを洗いざらいぶちまける。

「おまえが女ならなんの問題もなかったんだ。よりにもよってどうしておまえなんだよ。なんでゴミ捨て場でシールはがしたのがおまえなんだよ！　ふざけるな。俺のチャンスを返せ！」

最後には穂高の襟首《えりくび》をつかんで詰め寄っていた。視界がぼやけている。くそっ、みっともない。こんなことで泣くなんて情けなさすぎる。

「そうか……。だからあんなふうに」

「俺だってやりたくなかった。誰が好きこのんで野郎の手を握るかってんだ」

穂高の手が襟首をつかんでいる俺の手をそっと包み込んだ。こいつの手、でかいな。体がでかいから当然だけど。いつのまにか襟首をつかんでいた手がほどけていた。

「大丈夫だよ」

「何が？」

「愛でしょう。たぶんできる」

思いがけない言葉だった。

「僕は君を愛せる」

穂高がまっすぐに俺を見つめている。人間になれる期待からか、動悸《どうき》が激しくなった。体が熱くなる。

「本当、か？」

「大丈夫、イワオのことだって愛してる」

「イワオ？　イワオって……」

熱くなった体が一気に冷えた。

「実家の犬。オスだよ」

思わず拳《こぶし》を振り上げていた。


「愛にもいろいろあると思うんだよね」

殴られた頬《ほお》を押さえながら、穂高は喋りにくそうだ。

「いろいろってなんだよ」

ゲート近くのベンチに座りながら、俺はまだ拳を握り締めて、いつでも殴れる体勢をとっている。

「異性に対する愛だけじゃないってこと。家族に対する愛、隣人に対する愛、友人に対する愛。恋じゃなくて愛なら、解釈に幅はあるよ」

教祖みたいなこと言い始めたぞ。

「五竜って一番の友達だよな。仲がいいよな。あいつを愛してるって言えるか？」

穂高はしばらく考えてあっけらかんと答えた。

「無理かも」

「ほらみろ。愛の解釈を広げすぎだ」

そうかもねと言いながら、それでも穂高は言葉をつなげる。

「でもね。君も愛の解釈を狭《せば》めすぎだと思う」

「愛って言ったら普通そうだろう」

「言ったでしょう。僕は家族だってイワオだって愛してるんだ」

「家族じゃないだろ。残りはペット枠だ。寝床とエサをタダでもらってるって意味じゃ俺もペットみたいなもんだけどな」

ペットの立場からしてみれば、こいつは理想的な飼い主だな。

「そういう言い方はよくないよ。僕だって怒るよ」

そういえばこいつの怒るところを見たことがない。見たいような見たくないような複雑な気持ちだ。

「じゃあ言い方変えよう。妹とキスできんのか。母親でもいいぞ」

「絶対無理」

こっちは即答。

「だろ？」

「でもイワオとはしてるよ、何度も」

「イワオはもういいよ！　なんだよ、自分で一緒にするなとか怒るとか言っといて結局オチはイワオかよ！　俺が怒るっつーの。もう一発殴られたいか」

「ごめん。ごめんって。ちょっと和ませようとしただけ」

俺の握り拳を軽く握り返して止める。

「僕が君とそういう関係になるのは無理だと思うけど、それでも愛の形はあるはずだよ。時間はあるとは言えないけど、一緒に考えようよ。きっと方法はあるよ」

俺の拳を握ったまま穂高は笑う。こいつの笑顔はまるで全身で笑っているかのように、大きく感じた。

「かもな」

信じたわけじゃない。ただそう答えさせるだけの暖かさと包容力が、大きな手と笑顔にあった。

「まだ閉園まで二時間ある」

帰り始めた人の流れに逆らうように穂高は立ち上がると歩き始めた。

もう帰るとばかり思っていた俺は驚く。

「星月君、人間になってから、ここでぜんぜん遊んでないでしょう？　せっかくだから最後までいようよ」

「でも、おまえ明日仕事だろ？」

「大丈夫、たまには思いっきり遊ばないとね」

親子連れはもう帰る時間だ。

体力が有り余っている若者しか残っていないパークでは、男二人の俺と穂高が特に浮くわけでもなかった。

ゴーカートで競争し、やたらオシャレなお化け屋敷に入り、悪乗りして二人でメリーゴーランドに乗ってみたらけっこう楽しかった。

穂高の大好きなＳＦ映画のアトラクションに乗ったあと、

「最後はあれにしよう」

と穂高がクスクス笑いながら指さしたのは、最初に乗った例のジェットコースターだ。

一番人気のライド系らしく、まだ列が延びていた。

「今から並びますと、閉園時間を過ぎてしまいますが、お帰りの交通機関は大丈夫でしょうか？」

「はい」

「何名様で……」

と言いかけたキャストの人がびっくりしていた。

ああ、最初に会ったあの人か。昼間から通しなんてお疲れ様です、お姉さん。

「二人です」

今度は俺が、堂々と答える。

夜のジェットコースターはスリルも倍増で、何より人間の体で感じる風とスピード感は抱き枕のときとぜんぜん違った。

「あー、面白かった！」

という俺の横で、

「怖かったよ。夜はマジ怖い」

と情けないことを言う穂高。

「おまえ、ほんとに怖かったんだな！」

皆に笑われたライドショット売り場で、今度は俺が笑い転げた。

カメラ目線まで決めた俺の横で、バーにしっかりつかまって顔をひきつらせた穂高が写っている。

「せっかくだから買おうか。０７３番、一枚ください」

ライドショットの出来上がりを待って、表に出ると閉園時間を過ぎているだけあって、人はまばらだった。

ゆっくりパークを進んでいくと、お城の前に出る。

気がつくとお城の前にいるのは俺と穂高だけだった。

ほんの一時間前まであんなに人がいっぱいいたのに、静かにライトアップされたパークはまったく別の、本当の魔法の国のようだ。

「ちょっと遠回りして帰ろう」

ライトを振りながら、最後の見回りのキャストが向こうからやってくる。

「大丈夫だよ。走って帰れなんてここの人たちは言わないから」

誰もいないお城の周りを一周しながら、

「彼女ともこんなロマンティックなこと、したことないよ」

おどけた口調で穂高が言う。

「今度できたら、してやれよ」

言ってから、なんか寂しい気持ちになった。……ような気がするのは、きっとこの夢の時間が終わってしまうからだ。そうだ。そうに違いない。

「星月君もね。星月君なら彼女すぐできるよ」

いつもまっすぐ俺を見てものを言う穂高が、なぜかこの時だけはずっとお城を見ていた。

9

「社員旅行？」

食卓に料理を並べながら、俺は真向かいに座っている穂高に問い返した。

「いい匂いがするけど、今日の夕飯何？」

俺の質問なんかより夕飯のほうが大事なようだ。

「サンマの塩焼き。それで社員旅行って？」

最近は穂高の帰宅時間に合わせて俺が飯を作るようになった。よく考えて見れば、いやよく考えなくてもそうだが、完全に居候《いそうろう》している俺は穂高の経済状況を圧迫している。

俺のためにクーラーを昼間もかけっぱなしにしていたから、電気料金がすごいことになった。それは季節が解決してくれたが、今度は服に金がかかる季節になった。

穂高のお下がりはサイズ的に限度があるし、靴は無理だし、トランクスを男同士で共有なんてありえない。安い服屋でそろえても、上から下までだとけっこうな金額になってしまった。

さらに毎晩の食費が二人分かかる。その食費を浮かすために自炊なるものを始めた。

初めのころは外食や店屋物をとるのとさほど変わらなかったけれど、やりくりのコツがわかると食費を抑えられるようになってきた。

俺が活動できる夜の時間も長くなってきたし、そのころにはタイムセールを始めるスーパーも多い。

「最近ようやく食べられる味になったね」

穂高はにこやかに無遠慮に言いたいことを言う。

しかたないだろう。料理なるものを食べ始めてまだ二ヶ月。人間の赤ん坊ならミルクの味しか知らない期間だ。それを何十年も生きてきた人間と同じレベルで調理しろと言われても。

『おふくろの味』というのはよく聞くが『おふくろの掃除』とか『おふくろの洗濯』ってのは聞いたことがない。

男を落とすなら胃袋をつかめという言葉も定番だ。

穂高のようなよく笑いよく食べるデカイ男には、手料理攻略ルートは有効だと思ったが、たぶん俺には無理だ。

「これ以上は期待するな。料理の才能なんてないからな。設定もそうなんだ」

「食べられるだけで充分。適度に味気ないほうがたくさん食べないですむからかえって健康的だよ」

本当に遠慮がないな。本当はまずくて怒ってるんじゃないか。

通称「ときレボ」でも俺以外のキャラに二人ほど料理男子がいる。そういや二周目メガネもそうだった。

「一人ならともかく、二人は多すぎないか？」

そんな話をふってみると、

「女の人だって、みんな料理好きってわけじゃないからね。僕の妹も、結婚するなら料理がうまい人がいいって言ってたよ」

そういうもんか。

「ああ、それで本題なんだけどね。再来週から一泊二日の社員旅行なんだけど、家族なら二人まで連れて行けることになったんだ」

「弱小のくせに景気いいんだな」

「スマホでヒット飛ばしたから、たまには景気のいいことをしたいんじゃない？　来年はどうなってるかわからないのがこの業界だからね」

「なんだ、ついに会社の愚痴を始める気になったか？」

「そうじゃなくて、家族二人まで行けるってことだから、星月君もこない？　一応親戚ってことになってるから」

「昼間はどうするんだ？　俺は抱き枕に戻るんだぞ」

「大丈夫、対策は考えてあるから」

脳裏によみがえるのは一ヶ月前のテーマパークだ。

「対策ってどんなのだ?」

「それは行ってみてからのお楽しみだよ」

限りなく不安な答えが返ってきたけれど、穂高なりに俺が人間になるため、いろんなやり方で距離を縮めようとする努力の一環なのはわかったので、俺はそれ以上、問い詰めるのをやめた。

10

「いまどき社員旅行で熱海《あたみ》ってのもどうなんでしょうねー」

「贅沢言うな、あるだけでもありがたいと思え」

後輩の剣《つるぎ》君と五竜は待ち合わせ場所でそんな話をしている。

「でも、ハワイやサイパンなんて言わないから、沖縄とか良かったな。総務の大雪《おおゆき》さんの水着姿見れるんですよ?」

「一泊以上会社を空けられるわけないだろう。水着姿を見たいならおまえががんばってデートに誘えよ」

「そりゃあ五竜さんならね、簡単でしょうけどね」

そんな話をしていた二人が、穂高を見る。

「ところで気になるんだけどおまえの荷物ずいぶんとでかいな。いったい何が入ってるんだ？　たった一泊だぞ。剣なんて手ぶらで行くつもりだぞ」

「ああ、わかった。先輩、それってこの前の抱き枕でしょう」

「ああ、うん。実は妹のなんだ。実家には置きにくいから預かってくれって言われてて。ちょうど僕も腰を痛めてて抱き枕がほしいなって思ってたから、渡りに船だったんだよ。だから旅行にも抱き枕は持参しないといけないんだ」

まるで用意してきたように、というか用意してきたセリフをすらすらと言い終えたが、周囲は微妙な空気に包まれていた。

穂高が昨日何度も練習した決死の言い訳は、完全に失敗に終わった。まあ当然だろう。こんな言い訳信じるやつなんて穂高くらいしかいない。

「それじゃどうしてこの前持ってたんですか？」

致命的な質問をしてくる剣君。こいつは悪意なき悪意を振りまくタイプだ。

「え、あ、ええと……」

さっきのすらすらしたセリフはどこにいった。臨機応変能力は皆無だ。最初から期待していなかったけど。

「まあそう追及するな。人には誰だって聞かれたくないことがあるんだ」

「だから妹ので、だから腰を痛めて」

誰も聞いちゃいない。

結局開き直った穂高は、テーマパークの再現だ。

電車やバスに乗り込むときも自分の隣の席に俺を座らせるあたり、穂高は根性が据わっている。

「棚にあげちゃわないいんですか?」

「かわいそうだろう」

堂々と聞いてくる剣もすごいが、かわいそうだと言い切る穂高もすごい。

「先輩って優しいいんですね」

本気で感心しているのかからかっているのか判断のつかない微妙な笑顔で、剣が言う。

「もういいだろ。剣の美少女フィギュアコレクションだって似たようなもんだぞ。むしろ女子はそっちのほうがヒクぞ」

なぜかいつも穂高の隣にいる五竜がたしなめ、

「えー、そうかなあ」

「パンツ見えてる女の子のフィギュアのほうがヒカれるにきまってるだろうが」

「ま、たしかに穂高先輩のは趣味ってより、もっと深い闇を感じますよね」

と、悪意なき悪意を振りまいて、剣は一応納得したようだった。

「夜になれば星月がくるんだろ？」

そういう手はずになっている。穂高達が食事に行っている間に日没は訪れる。壁に立てかけられた俺は、人間になると同時に普段着に着替えて何食わぬ顔で穂高と合流する。抱き枕はもうしまったと言えば、不自然なりにもごまかせるだろう。

日没の時間は五時十分前後だ。目の前の壁にかかっている時計を見るにあと少しだ。

突然障子が開いて若い男が入ってきた。穂高ではない。後輩の剣だ。

「まずいまずい。カメラ忘れた」

自分の荷物をあさりながら、

「大雪さんの浴衣《ゆかた》姿を写真に撮らないとね。あの胸は反則でしょう。五竜先輩もかっこよかったし、あとで写真撮らせてもらおう。ほっとできる穂高先輩もいいよなあ」

気の多い男だ。

それよりも気が気でないのはもう少しで日没というところだ。このままだとこいつの目の前で人間に変身してしまう。

時計の針によるとすでに一分を切っている。俺が人間の姿だったら冷や汗を大量に流していただろう。剣はいまだにもたもた自分の荷物をひっくり返していた。

「おっ、あったあった」

デジカメを取り出すと急いで出て行こうとしたが、ふいに立ち止まると振り返って俺を凝視した。

目の前まで来るとしげしげと俺を見ている。

「先輩ってどういうつもりでこれ持ってきたんだろう」

おまえの疑問はもっともだがいまはさっさと他の部屋に行け。早く帰って総務の女のセクシー写真でも撮ってろ。

しかし俺の願いはむなしく、剣はどこにも行く様子はなかった。

「これのどこがいいんだろうなあ。俺的には五竜先輩とのコンビが好きなんだけど」

なんだこいつ。聞き捨てならないことをぬかす。いますぐ人間になり胸ぐらつかんで問い詰めたい。いや駄目だ。そうこうしているうちに時計の針は五時十分になった。

うわあああー！

内心悲鳴を上げたが、何も起こらなかった。俺は抱き枕のままだ。

「ん？」

剣は不思議そうに周囲を見渡している。たとえ見なくてもどことなく俺の存在を感じ取る人間というのはたまにいた。剣もその一人かもしれない。

抱き枕のままの理由はいくつか考えられた。旅館にかかっている壁時計などまったく当てにならないということだ。もう一つは日没の時間。地域が違えば多少のずれもある。

「おおい、剣早くしろ」

部屋の外から五竜の呼ぶ声が聞こえてくる。

「いま行きます」

剣は俺をほっぽり出すと慌てて部屋を出て行く、部屋を出て障子を閉めようとするタイミングで俺の体は変化した。幸い剣は気づかず部屋を出て行く。

「あ、危なかった……」

どっと脱力し畳の上に伏した俺の目の前にデジカメがあった。

「やっべー。また忘れるところだった」

そう言って入ってきたのはさっきと同じ剣だ。

剣がどんなに抜けていても部屋のど真ん中にいる人間を見落としたりしない。

「……あの、誰？　なんで寝間着姿なの？　いつのまに入ってきたの？」

しばし絶句していたがようやく質問してきた。

「それと、そのカメラ俺のなんだけど」

俺が思わず手に取ったカメラを見て、思いついたように付け足した。

「いやあてっきり泥棒かと思いましたよ」

剣はほがらかに笑っている。

「ずいぶん唐突な登場だな」

薄笑いを浮かべた五竜の第一声だ。何か含みがあるようにも思えるし、ただの嫌味のようにも思える。あいかわらずとらえどころがない。

「それにもうパジャマに着替えてるなんて、気が早すぎだろ」

「手違いがあったんだ」

言い訳も面倒なのでざっくりとした反論をする。

「あなたが噂の穂高先輩の親戚ですか。すごいかっこいいですね。モデルかなにかやってます？」

「いいや、ただのヒキコモリのニートのゲーマー」

「すごい！　俺の憧れの職業だ！」

おい、それはどうなんだ。ゲーム会社ならそういう人間がいてもおかしくないが、総務の大雪さんとやらは、絶対に目もあわせてくれなくなるぞ。

そんなこんなで、夕食の時間から、俺は外見も手伝って、皆に囲まれあれやこれや聞かれた。

総務の大雪さんが俺の隣から離れなくて、剣君にちょっと嫌われた気もするが、仕方ないだろう。選ぶ権利は剣君じゃなくて大雪さんにあるんだ。

トークは乙女ゲーの経験も手伝ってそつなくこなすことができた。

でも、急にたくさんの人と話すのは、それなりに疲れた。いろいろごまかしながら、ってのがなおさらだ。

でも俺がいろんな人と交流するのを見ている穂高が嬉しそうだったから、まあいいかな、なんて思った。

11

「はあ」

やっと一人になれた。

皆海岸に遊びに行っていて、いまなら温泉には誰も居ないだろう。案の定脱衣所のカゴには衣類は一枚もない。

俺は安心して引き戸を開けて浴場に入った。露天風呂の照明が暗いのは星空を見るための配慮かもしれないが、あいにく湯気が立ちこめていてよく見えなかった。

それでも知識だけでしか知らなかった温泉に気分は高揚する。湯船に片足を入れようとつま先が触れたときのことだ。

「ふふふふーん」

やや調子外れの鼻歌が聞こえてきた。まさか他に人がいたのか。よく目をこらせば湯煙の中に人影らしきものが見える。しかしそれ以上の容姿はわからない。いや、よく見れば髪が長いことだけはかろうじてわかる。

まさか社員旅行の社員の一人か。記憶を掘り返し、メンバーの中に髪が長い男性がいなかったことを思い出す。

髪が長かったのは全員、女性社員だ。

まて、まさか女湯とまちがえるという古典的なまちがいをしたというのか。ほかの人と接触を避けることばかり考えて、肝心なことを見落としていたとか？

相手はどうやら後ろを向いているようだ。のんきに鼻歌を歌っている。痴漢の烙印《らくいん》を押される前に、速やかに去らなければならない。

くるぶしまで湯につかっていた片足をそっと引き抜くと、音を立てないように後ろに下がった。

しかし不注意にも足下《あしもと》に転がっていた桶《おけ》を蹴飛ばしてしまう。強く蹴ったわけではないが、意外と音が強く響き渡った。

「誰かいるの？」

どこか警戒した声。緊張しているせいかそれとも別の理由なのか、声は少し野太い。

「そこにいるのは誰なの？」

最悪のタイミングで風がふいた。露天風呂の湯気が綺麗に流された。万事休す、視界をさえぎるものがなくなってしまった。

しばし俺と、先に入っていた人物は、たがいを凝視する。

「おい、なんでおまえがここにいるんだ？」

湯船の相手、妖精のおっさんは答えるかわりに視線を顔から下に移した。胸元から腹、さらにはその下にまで進む。

「まっ」

頬に手を当て頬を染めた。

足下に転がっていた桶を拾い全力投球した。

「『まっ』じゃねえ！」

頭部に桶が激突した醜い豚が湯船に浮いている。

「出会い頭《がしら》に酷《ひど》いじゃない！」

しかしすぐに復活して涙ながらに訴えてきた。妖精のドレスのかわりに、胸元にタオルを巻いている姿は、殺意に昇華しかねないくらいむかつく。

「どうしてここにいるんだ？」

「気になっていたから様子を見にきたの」

それがなんでわざわざ風呂場なんだ。俺がいらだった顔で見ていると、おっさんは体をもじもじさせて言う。

「獣のような目で私を見ないで」

とっさに出た前蹴りがおっさんの顔面にめり込んだのは正当防衛の範疇《はんちゅう》だと思う。今度は仰向《あおむ》けに倒れて浮かんでいる。しかしすぐに起き上がった。こいつはゾンビか。

「なんかもう少し条件ゆるくしてくれよ！　あの男相手に、恋愛関係になって永遠の愛を誓うとか、無理、絶対無理！」

「だってそのくらいの高いハードルがなくちゃ、奇跡なんて簡単に起こらないわよ」

「でも人間だって、永遠の愛なんてありえないぞ。幻想だろ？　幻想をどうやって現実にしろって言うんだよ。時間もないしさ」

「あなたが理屈をつけて、条件のせいにするのは仕方ないかもね。でもね、真実の愛は、条件じゃないのよ」

くるりとターンして足を滑らせて頭をぶつけてまた浮かんでいる。今度は俺のせいじゃない。しかし起き上がるのも早い。バスタオルもしっかり巻きつけたままだ。

「時間も関係ないわ。恋はね、理屈や努力で見つけるものじゃないの。育むものでもないの。恋は落ちるものなの。理性でコントロールできたら恋じゃないわ」

深いんだか適当なんだかよくわからない、ポエティックなことをのたまう妖精。

「忘れないで。あなたの気持ちしだいなのよ」

やけにいい笑顔をして、おっさんの体がゆっくりと湯船に沈んでいく。上半身、顔、まっすぐ上に伸ばした親指を立てた指先、と消えて、いなくなってしまった。

「おい？」

湯船に入って周囲を見渡したが、おっさんの姿はどこにもなかった。

「なに探してるんだ？」

入れ替わるように現われたのは五竜だ。


妖精のおっさんが消え、湯船に入ることも忘れていた俺に、背後から声がかかった。

「なんだこんなところにいたのか？」

五竜は、いろいろ開けっぴろげな男だが、それは温泉でも変わらなかった。

前を隠さず堂々とした姿に、男としての自信が現われている。思ったよりも筋肉質で腕や腹筋周りに深い陰影があり、細身ながらも鍛えられた体をしていた。

俺が返事をするのもまたず、五竜は湯船に入ると肩まで一気につかった。

「ああ、いい湯だな。平凡な言葉だけどこれにまさる言葉はないと思わないか？」

返事に困る問いかけだ。面倒なので無言のまま湯船につかった。アパートの浴槽とはまったく違う心地のよさ。

「たしかにいい湯だな」

　思わず口にする。

「だろ。やっぱりその言葉だよな」

　五竜は妙に嬉しそうだ。

「こういう感覚をわかってくれるのは嬉しいね。どうも最近の若い連中は、とは言っても俺と四、五歳しか違わないんだけどな、こういうセリフはおっさん臭いって言うんだよ」

「いまみたいな愚痴はおっさん臭いぞ」

「そうか？　まあ気にするな。俺は自分が楽しければいいんだよ。ついでだから言わせろ。最近の新人はプログラムを高レベルＡＰＩに頼りっぱなしで困る。ソートの理屈くらい理解しろってのにＡＰＩ一つでできるからいいでしょって言い返しやがる。ソートなんてプログラムの基礎中の基礎だぞ。高レベルＡＰＩに頼る方法ばっかり覚えやがって、低レベルＡＰＩの使いこなしやアルゴリズムを構築する醍醐味《だいごみ》を知らん。ＡＰＩにばっかり頼るから、すぐプログラムサイズがふくれあがる」

　何を言っているのか半分もわからないが、愚痴だというのはよくわかった。

「でもな、これは穂高も悪いんだ。あいつは面倒見がいいからな。その性格がプログラムにも表れる。なんでもかんでも誰でも使いやすいってコンセプトのライブラリを作ってしまう。良いことなんだができが良すぎる。一つの理想だが度が過ぎてる。あいつのプログラムの特技、なんだか知ってるか？　他人のプログラムミスを直すことだぞ。他人を甘やかす能力に長《た》けてるんだ。だから下の連中は慕いつつも、どこかなめてる。厳しさが足りないんだよ」

後半の言葉はもしかして俺にも向けられたんだろうか。

「でも、二ヶ月前穂高にヘルプを頼んだのはあんたじゃなかったか？」

「しかたないだろ。緊急事態だ。下手すりゃ会社が傾く。穂高みたいな人材は貴重なんだが、すぐに無茶してキャパシティをこえる仕事量をうけかねないし、気苦労も絶えない」

やはり俺にも矛先が向けられているような気がする。

「調整してやるやつが必要なんだよ」

「それがあんただって言うのか？」

「べつに穂高に恩に着せる目的じゃない。会社をうまく回すための手段だ。だが最近ちょっと困ってる。穂高の行動がいままでと変わってしまった。普段ぼんやりだが、仕事になれば見違えるのがあいつなんだが、最近は仕事でもぼんやりしていることが多くなった。仕事に支障をきたすほどじゃないとはいえ、今後もそうだとは言い切れない。仕事以外でも奇妙なことを言うようになった。愛ってなんだろうって突然つぶやいたときは、さすがの俺も飲み物を盛大にぶちまけたよ」

ああ、それは完全に俺のせいだな。ってことは、俺はやっぱり穂高の重荷になっているのだろうか。

本当はあまり考えないようにしていた。穂高の生活の足を引っ張らないように、自炊を行い、手伝える仕事は手伝うようにしてきた。それでも俺の特殊な体ではできることは限られてくる。

いかん。いつのまにか顔がしかめっ面《つら》になっている。乙女ゲーの人気キャラには似つかわしくない表情だ。

軽く顔を叩いてこわばった表情をほぐしていると、

「俺としては穂高の悩みの種を取り除きたいと思っている」

じっと見ていた五竜は、いままでの声色とは別物の厳しい声で告げた。

「言いたいことがあればはっきり言えよ」

俺も今までとは違う、厳しい声で答えた。

「親戚のヒキコモリが穂高のところに居座っているなら、それなりの事情もあるんだろ。田舎《いなか》には帰りたくないんだろ。そこに首を突っ込むつもりはないさ」

「あんたには関係ない話だしな」

「いまはな。ただ穂高がうまく自分の問題を回せないなら、周りの人間が手を貸すってだけの話だ」

「手を貸すってなんだよ？　俺を追い出すのか？」

「あんたが問題だなんて言った覚えはないんだが、まあいいか。遠回しな言い方はお互いうんざりだろう。おまえは穂高の負担になっている」

はっきり言うな。ま、このくらいのほうがいい。

「それで出てけって言いたいんだな」

「俺がそんな酷いことを言う人間に見えるか？　穂高の話だと病弱っぽい話だし、放り出したりしないって」

昼間動けないことを曖昧に言ったら病弱ということになったのだろうか。

「じゃあなんなんだよ？」

「俺がおまえを引き取ってやる」

五竜の答えはさすがの俺も予想外だった。


「あれ、星月君、温泉入ってたの？」

俺が脱衣室でのろのろと着替えていると、入れ替わる形で穂高が温泉にやってきた。

無言のままじっと見ていると、

「なに、どうしたの？」

といつもと変わらない様子で聞いてくる。

「なあ穂高」

やっぱり俺は重荷か。そう問いたかったが口にできるはずはなかった。正直な気持ちを知るのは怖かったし、どうせ穂高のことだ、重荷だったとしても否定するに決まっている。意味のない問答だ。

意味がないという言葉に逃げて俺は問いかけることすらできなかった。

「なんでもない。ちょっとのぼせただけだ。温泉なんて初めてだから勝手がわからなかったんだ」

「ああ、よくあるよね。僕もときどき、いや毎回かな。のぼせてふらふらになるよ」

毎回は問題だろう。

「あ、五竜君が先に入ってるのか。ちょっと緊張するな」

なにに緊張するんだ。

「五竜ってどういう人間なんだ」

「会社の同僚で僕の友達だけど？」

「そうじゃなくて……なんて言ったらいいだろうな」

「ああ、わかるよ。五竜君って育ちがいいせいか、頭もいいし、ちょっとミステリアスなところがあるよね」

育ちがよさそう？

「実家は地方の資産家らしいよ。でもスネをかじってるわけじゃないよ。噂じゃ副業で株とかやってて、五竜君個人でもけっこうな資産を持ってるんだって。あ、こういうのはあまり人に話すべきことじゃないよね。いま聞いたことは忘れて」

つまり穂高から俺を引き離して、養うくらいの財力はあるということか。

「穂高はリフレッシュできたか？」

「そうだね。ご飯は美味《おい》しいし温泉もいいし海が見える町の雰囲気も好きだな。また来週から仕事がんばろうって気持ちになれる」

「よかった。それはよかったな」

俺がしみじみ言うのをやはり不審がっている。

「どうしたの？　あ、もしかして連れてきたのよくなかった？　僕としては星月君ともっと仲良くなりたくて誘ったつもりなんだけど」

穂高はあくまで友情かイワオ路線で愛を育もうとしているようだ。いや博愛精神なら穂高は立派なものをすでに持っている。

そう博愛だ。

穂高が俺の面倒を見てくれているのはその理由からに他ならない。


翌朝俺はいつものように抱き枕に戻った。

抱き枕を抱えての帰路、後輩や同僚にからかわれていたが、最初に五竜が言った、変人ぞろいだし、どうせ七十五日ってのは本当で、もうみんな、からかいこそしたもののすっかり順応していた。

しかし俺は抱き枕に戻って、考えることしかできない体に戻ったから、ずっと昨夜のことを考え続けた。

俺は穂高の負担になっているのだろうか。

このまま一緒にいて、二人の間に恋愛感情が生まれて、俺が人間になれる可能性なんてあるんだろうか。

穂高のところにきて二ヶ月ちょっと。人間になれる期限までもう二ヶ月も残っていなかった。

12

社員旅行から十日ほどたったある日。

昼間に何度も電話がかかってきた。しかし抱き枕である俺には受話器を取ることができない。いつまでも鳴り響く電話の音を聞くのが精一杯だ。

最初の数度の電話はただうるさいしつこい電話くらいに思っていた。しかし電話機の留守電を知らせるランプが明滅しているのを見てなぜか徐々に不安が募っていった。

人間になれる夜までの数時間がいままでで一番長く感じられた。

窓の外が暗くなりいつもの目眩《めまい》のような感覚とともに俺は人間の姿になっていた。とほぼ同時に急いで電話に駆け寄る。

『三件のメッセージがあります』

三件も留守電が残っていた。ただのいたずら電話だったら一通り怒った後は、今夜の献立でも考えよう。

『もしもし五竜です。はあまいったな、留守電か。星月君いないのか？　穂高が会社で倒れた。会社の近くの救急病院に運ばれたが、原因はまだわからない。詳しいことがわかったらまた連絡する』

しばらく絶句した。ただのいたずら電話だったらどんなによかったか。メッセージはまだ二件残っていた。

『五竜です。まだ寝ているのか？　穂高は過労だった。最近はさほど忙しかったわけでもないんだが。いや、言い訳だな。一月前は激務だった。このメッセージを聞いたら病院に来てくれないか。場所は矢吹町《やぶきちょう》の北第一病院。俺の携帯電話も伝えておく。０９０の……』

『五竜だ。おい、星月、まだ寝ているのか？　連絡してくれ。病院の面会時間は七時までだ』

慌てて時計を見る。まだ五時前だ。まだ間に合う。

五竜が言っていた病院の場所の地図をネットで調べると、慌てて部屋を出てた。

電車とタクシーで穂高が入院している病院に到着するまで三十分ほどかかった。五時半をまわったころだ。

病院に来るのは初めてだった。縁はなかったし抱き枕の体がどのように診断されるか怖くて忌避していた場所でもあった。

受付で聞いた部屋に行く。３０２号室。その番号の部屋のドアが開いて、ちょうど五竜が出てきたところだった。俺の顔を見て、

「遅かったな。ついさっき起きたのか？」

と簡潔に言う。俺は返す言葉を持っていなかった。ここで昼間は抱き枕だから電話に出られないと説明したところで殴られるだけだろう。

「穂高は大丈夫なのか？」

「ああ、ただの過労だからな。いまは意識も戻って普通に会話もできる。ただ心身ともにかなり参ってるらしい。数日入院させて、そのあとは自宅で休養ってところだ。有休たまってるんだから消化させるいい機会だ」

「わかった。自宅にいる間は俺が面倒を見るよ」

そう言って病室に入ろうとしたが、五竜がドアの前に立ちはだかっていた。

「それで本当に休まるのか？」

いままでにない厳しい眼差《まなざ》しで俺を見ている。

「俺が最初に電話したのは昼すぎだ。それからも何度か電話したが、おまえがここにやってきたのは六時前。半日もなにしてたんだ？」

「あ、いや……」

答えられない。答えられるはずがない。

「他人の家庭の事情だ。俺がとやかく言う問題でもないのかもしれない。でもな、はたから見てるとやっぱりいらつくんだよ」

何も言い返せないまま俺はうつむいているしかなかった。特殊な体をしているというのはこのさい関係ない。

俺が何も言い返せずうつむいていると、

「すまない。俺もちょっと気が立ってたんだ。言い過ぎた」

五竜はドアの前を離れると、すれ違いざま肩を叩いて耳元でささやく。

「自宅の養生期間はおまえに任せるよ。ただ俺が社員旅行で言ったこと、考えておいてくれ」

五竜が去って行く背中に何も言い返せなかった。

病室の前でたたずんだ。この部屋に入る権利は俺にあるのだろうか。ドアのノブを前に手がさまよっていると、突然ドアが開いた。

「あれヒカリさんじゃないですか」

穂高の後輩の剣が中から現われた。

「星月だ」

「やあすみません。人の名前覚えるの苦手で。ささ中に入ってください。先輩もお待ちかねですよ」

ためらいがちに中に入ると、病院のベッドの上には上半身を起こした穂高がいた。入院着を着ている以外、今朝出かけたときとさほど変わらないように見えた。

「ごめん、星月君。もしかして心配かけちゃったかな」

「大丈夫なのか」

「大丈夫大丈夫。周りが騒ぎすぎなだけだって」

「ブブーッ！」

剣が両手をバッテンの形にした。

「はいアウトです。五竜さんから言付かったNGワードその三に引っかかります」

「なにそれ？」

穂高が面食らっていると、剣が声色を変えて話し出す。

「どうせ穂高は大丈夫だとか問題ないとか言うに決まっている。剣、いまから言うセリフを穂高が言ったら、おまえがたしなめるんだ」

「それ五竜君の物まねのつもり？」

「似てました？　俺将来あんな人になりたいんですよね」

無理じゃないかな。穂高の表情は雄弁に語っていたが口にすることはなかった。

二人が楽しそうに談笑しているのを、黙って聞いていることしかできなかった。

「どうしたの？　元気なさそうだけど？」

「そうですね。先輩よりも病人ぽい顔してますよ」

二人して俺を心配そうに見ている。

問いたかった。倒れたのは俺のことが重荷だったのか。やっぱりいろいろ無理をさせていたのか。そして、いなくなったほうがいいか。

しかし本当に聞きたいことは何一つ口から出てはこない。

「ちょっと驚いただけだ。それに病院来たの初めてだし、物珍しかったんだ」

「病院初めてって、どれだけ健康優良児だったんですか！」

剣が驚いている横で穂高は一瞬だけ心配そうにしていたが、その表情もすぐに消えて笑顔に変わった。しかし俺にはもう無理して笑っているようにしか見えなかった。

見舞客は七時で追い返された。

どうやって帰ったか覚えていないが気づくと俺は穂高のアパートのドアの前にいた。鍵を開けて中に入る。当然のことながら穂高はいない。それは今日でなくてもそうだし、俺はいつも出迎える側だった。

一人の部屋にはなれている。そのはずなのに部屋はいつもより空虚で肌寒く感じた。

「もう十一月だからな」

カレンダーを見ながらわざとらしくつぶやく。

明日の夜には入院期間中に必要なものを持って行かなければならない。着替えや暇つぶし用の本や携帯ゲーム機とか。

外を見れば人気《ひとけ》がない通りが見えるばかりだ。

街灯の明かりが照らすのは俺が捨てられていたゴミ捨て場。風が吹くと落ち葉が街灯に照らされながら、地面に落ちていく。

「早いもんだな」

穂高と出会ってからもう三ヶ月が経過している。人間になれる期間はもう一ヶ月ちょっとしかない。

でもそれがなんだ。

ゲーム会社がものすごくハードなのはよく知ってる。

いくら休日の昼に寝られるとはいえ、マスターアップ直前ともなれば、休日の昼間なんてない。唯一寝られる夜は俺につきあい、いろんなところに行ってくれ、大事な休みは俺のために使ってくれた。倒れないほうがおかしい。

正真正銘の人間になれる。長いこと願い続けてきたことだが、急に色あせて見えた。穂高を倒れるくらい苦しめて、いったいそこまでして手に入れるものにどれだけの価値があるのか。

俺の中で一つの決意が固まりつつあった。

ただそれはまだ実行に移すときではない。穂高の体が癒えるまで待とう。さよならはそれからでも遅くはない。

13

いくつかの検査で問題なしと診断された穂高は、自宅で養生することになった。その間、世話をするのは俺の役目だった。

そうは言っても昼間の世話は物理的に無理だ。せいぜい枕として役立つくらいだが、こんなときに限って穂高は、

「悪いよ」

と言って使おうとはしない。いままで何度枕代わりにされたと思ってるんだ。いまさら遠慮するなとしばらく押し問答になって、とにかく穂高は元通り自分のベッドで寝て、俺が客用布団で寝る、というのは押し通した。

陽が短くなってきているのは本当に好都合だ。穂高は昼間寝て、夕方になると俺の作った飯を食べて、テレビを見たりゲームしたりして、また夜寝る。簡単な掃除や洗濯も朝七時前までならできる。俺の活動時間に合わせて、穂高が起きている時間が夜型になったら元も子もない。

「俺は夜暇なときはモンスターでも狩りに行ってるよ」

そう言うと穂高は安心したように眠った。

一緒に飯を食べながら。たまに一緒にゲームをしながら。

「こんなにのんびりしたの、何年ぶりだろう」

「ゲーム会社なんてとんだブラックだからな」

「まあ、そうだね」

「でも好きなんだろ？　さっさと体治して会社行け」

「わかってる。来週からはいつも通り出社するから」

穂高の表情が突然重くなる。

「ごめんね」

「なんだ、突然。俺のほうがさんざん世話になってるんだ。これくらいの恩返しは当然だろ」

「そうじゃなくて……」

穂高がカレンダーを見る。期限まであと一月あまり。残り時間がないことを気にしているのはあきらかだった。

「そんなことはどうでもいいからさっさと体を治せ」

「そうだね」

笑いつつも穂高の笑顔には暗い影が差し込んでいた。肉体的には養生できても、精神面はそうでもない。

「心配するな。おまえの悩みの種はいずれ消えるよ」

「え？」

「俺はおまえと違って、賢いからな。いろいろ考えてる」

「そっか、ごめんね。僕はちっともいい考え浮かばなくて」

それから俺たちは何事もなかったように、一緒に穂高が好きなゲームをやった。

一週間ずっと一緒にいても、二人の間に当然ながら進展はなかった。ただひとつ変わったのは、穂高がいつのまにか俺のことを星月君から星月と呼ぶようになった。なんとなく、嬉しかった。

出社日の朝、穂高は抱き枕の俺に話しかけてきた。

「十日ぶりの会社でちょっとドキドキするけど、行ってくるね。帰ったら今後のこと話し合おう」

いつもどおりの笑顔だった。

俺は夜になるまで何もできない。何もできないから夜になってから行うことを何度もシミュレートした。

今日の日没は四時四十七分。人間になるまでの時間、ほとんど時計に意識を集中していた。時間がきて人間になるとすぐに計画を実行に移す。

自分の荷物、とは言ってもほとんどは元穂高のもの、あるいは穂高に買ってもらった洋服程度だが、それらをバッグにまとめる。

さらに最後の部屋掃除を入念に行った。立つ鳥跡を濁さず、だ。

思いのほか時間を食ってしまった。今日は残業で遅いということはないだろう。

最後に書き置きを残しておかなければならない。紙とペンを持って、しかしなんと書いていいかわからなかった。夜を待っている間何度もシミュレートしたが、文面を考えるのを忘れていた。ただ書き置きをするとしか考えていなかった。間抜けすぎる。

しばらく考え、一番は心配させないことだと結論づける。

『人間になるメドがついた。心配かけたな。今までありがとう』

と書いた紙を目立つようにテーブルの真ん中に置いた。

重し代わりというわけではないが、紙の上には二ヶ月前、戯れに買った俺のフィギュアを置いた。

「もうこんな時間か」

すでに七時を回っている。しかし穂高が帰ってくる時間までまだ余裕はあった。

靴を履いて振り返った。三ヶ月間世話になった部屋だ。

「なんだか小さいな」

たしかに広いとはいえないアパートの一室だが、このときはいままで以上に狭く感じた。

いや、違う。これはたぶん疎外感、もしくは寂しさというやつだ。

「人間になると感情のとらえかたって面倒くせ」

だから人間になれなくてもいい。どう聞いても負け惜しみにしか聞こえない独り言をつぶやく。

最後に目に入ったのは、二ヶ月前、テーマパークで撮った写真だった。お城をバックに抱き枕を抱えた穂高。ライドショットで対照的な顔をした二人。

部屋が歪んだ。いつのまにか目に涙がたまっていた。

情けない。

でもわかってしまった。俺は穂高が好きだ。

もう認めよう。

妖精の言う真実の愛とか、そんなのかどうかはわからない。きっと人間だって、そんなのわからないだろう。

でも俺は穂高が好きだった。あいつが笑えば嬉しいし、あいつがつらいのは俺もつらい。あいつの優しさにどれだけ救われたかわからないし、一緒にいて楽しかった。

なにより穂高にいつか彼女ができて、結婚して、なんて考えたくもなくなっていた。

でも、俺とクリスマスまでいたら穂高の心はめちゃくちゃに傷ついて終わるだろう。

穂高にこれ以上迷惑をかけたくなかった。これ以上、穂高のそばにいるのがつらかった。

「行くか」

未練と涙を断ち切るように、勢いよく部屋を出た。鍵を閉めて、どうやってこの鍵を返すか迷ったが、すぐに結論は出た。ポストに放り込んでおく。

「まさかあいつ鍵を忘れてないだろうな」

鍵を指から離そうとしたときふとそんなことを思い立った。鍵を忘れているかもしれないから決行を延ばすというのか。馬鹿馬鹿しい。なさけない。穂高はいつものように鍵を持って出た。

指からはがすように鍵を手放すとポストの奥に吸い込まれた。これでもう帰る手段はなくなった。

階段を降りようとして、下から上がってくる人物に気づいた。

穂高だ。

どうしてこんなに早く。

思わず叫び出しそうになるのをこらえて、俺は慌てて階段から離れた。左右を見渡しても隠れる場所なんてない。しかたないので穂高の部屋とは反対側の通路の奥に行くと、少しでも身を縮ませて目立たないようにした。

穂高はいつもの調子でのんびりと階段を上がると、部屋の鍵を開けて中に入る。

そのすきに階段を降りた。

急いでアパートを離れよう。そう思ったとき、上から叫び声が聞こえた。

「星月！」

穂高が叫びながら階段を降りてくる。手には俺の書き置きが握られていた。

「星月、待って！」

立ち止まるわけにはいかない。

「待って！　これ、どういう意味なんだよ」

穂高が追ってくる。

いつのまにか大きな通りに出た。まるで示し合わせたようにタクシーが停《と》まっていた。ちょうど乗客が降りたタイミングだった。

「急いで出発してくれ！」

俺の様子が普通じゃないと思ったのか、タクシーはすぐに出発した。後ろを振り返れば必死に穂高が走ってきている。バカ、そんなに走るな。病み上がりなんだから無茶するな。

やがて穂高の姿は見えなくなった。見えなくなっても俺はいつまでも後ろを見続けた。

「それでお客さん、どこに行けばいいんですか？」

無言で住所が書かれた紙を渡す。五竜から渡された紙だ。

14

MHクリエイトでの五竜の役職は穂高とさほど差はないはずだ。

「はあ？」

しかし五竜が住んでいるというマンションを前にして、俺はただただ世の中の不公平さを実感していた。

三十三階建ての高層マンションの最上階、それが五竜の住んでいる場所だ。話によれば4LDKで部屋はありあまっているらしい。

だったらそんなところに住むなと言いたいが、どうやら親が管理ついでに住まわせているらしい。

マンションの玄関のインターホンで３３０１を呼び出すと、

「星月か？」

五竜の声が聞こえてきた。

「ああ」

「機嫌の悪い声をしているな」

「疲れているんだ。さっさと入れてくれ」

「待ってろ。いま開ける」

玄関のドアが開きようやく中に入れた。エレベーターで三十三階のボタンを押す。

これだけ高いと停電になったとき大変だなとか、どれくらい金持ってればこんなところ住めるのかとか、どうでもいいことばかり考えていた。

ともかく常にどうでもいいことを考えていたかった。穂高のことを思い出す間がないほど、すべて思考で埋めてしまいたかった。

三十三階はエレベーターといえども長い。やっとという気持ちで五竜の部屋の呼び鈴を押した。

三十三階ならば絶景を楽しめると思ったが、少なくとも廊下は三面構造の内側に面しており、外の景色を見ることはできなかった。その代わり三十三階分の吹き抜けを見ることはできた。それはそれで見応えがある。

「気に入ったか？」

いつのまにかドアが開いていて、五竜が姿を見せていた。

「いいんだぞ。おのぼりさんだって笑って」

「俺だって最初はすげーなーって眺めてたさ。最初はここに入るの気が進まなかったんだけど、この光景見て住むことに決めたくらいだ」

「ほんとに資産家の息子なんだな」

「おやじもおふくろも、平気で愛人作って、子供を祖父母にあずけるようなろくでもない親だけど、衣食住と教育に不自由したことがないのは素直に感謝している」

部屋の中もマンションの外見どおり、造りや家具は立派だった。

とくに驚いたのがリビングの広さだ。一室だけで穂高が住んでいた1ＤＫがすべて埋まってしまいそうだった。

そういえば「ときレボ」にも金持ちキャラはいたな。あいにくシナリオの中で俺との接点がほとんどないからよく知らないが。

「無駄に広いだろ」

五竜は自嘲気味に言う。たしかに広さはすごいが一人暮らしと考えると寂しいかもしれない。予想通りに眼下に広がる夜景も、すごいとは思うがそれだけだ。

穂高の家でよく飲んでいた理由はわかる気がした。

「一通り案内するか？」

「いや、いい。なれ合いにきたんじゃない」

「そうだな。トイレと風呂場、おまえが住む部屋の場所だけは教えておくから、あとは好き勝手にやってくれ」

「一ヶ月、世話になる」

俺は素直に頭を下げた。

妖精のおっさんが決めた残り期限だ。

「実家に帰ってどうするんだ？」

五竜には年末には実家に帰ると言ってある。

「約束は忘れてないよな？」

「余計な詮索はするな、部屋は許可なく絶対開けるなだな。わかってる。おまえの部屋は内鍵もかかる。心配するな」

これで俺が抱き枕である秘密は保たれる。いっそのこと打ち明けたほうが何かと楽かもしれないが、心の奥でこの秘密を知っているのは穂高だけがいいという想いはずっと変わらずにあった。

「穂高はここに来ることはないのか？」

「ずいぶん前に一、二回来たくらいだ。飲みはもっぱら穂高の部屋だからな。この部屋は殺風景すぎて酒がまずくなる」

たしかにここは広いばかりでどこかくつろげない雰囲気があった。

「穂高が探しに来るかもしれない」

「俺がいないと言えばいいだけの話だ。あいつは疑いもしないよ」

「わかった」

「せっかく歓迎会でもしてやろうと思ったのに、もう部屋にこもるのか」

本当は五竜と話す気分ではなかった。しかし一人になってよけいなことを考えるのも怖かった。

「一つ聞いていいか？」

「気が向いたら答えるでいいならな」

「どうしてそこまでして穂高を守ろうとする。普通友達のために、自分の部屋に他人を住まわせたりしないぞ」

五竜が同性愛者で穂高に気があったとしても行きすぎた行動に思える。

「俺が以前勤めてた会社な、けっこう大手のゲーム会社だったんだ。別にその会社のゲームのファンって訳ではなかった。ゲーム会社ならどこでもよかった。社会的に地位のある仕事をしろっていう父親への反抗心っていう、今思えば子供っぽい理由だ。俺は要領がいいからな。出世も早かった。いくつもプロジェクトを進めたよ。納期が早いってのも評価された。管理は得意だった」

こいつがでかい会社にいたというのはなんとなく納得できる話だった。

「いま勤めているＨＭクリエイトは、そのとき使っていた下請け会社の一つだった。そのときの責任者が穂高だった。いや本当は違うんだが、俺は穂高が責任者だと思っていた」

五竜は高そうなソファに腰掛けた。話が長くなりそうだ。

「あとで知ったんだが穂高は逃げたメインプログラマーの代役だった。この業界、責任者が失踪するという話はよく聞くが、自分の関わっている仕事では初めてだ。穂高はごまかさず正直に事情を話して少し納期を延ばしてほしい、できればヘルプがほしいって言ってきた。これはプロジェクトの管理体制から見直さなくちゃならないかと思い、俺が直々《じきじき》に行くことにした」

なんだか偉そうな物言いだ。いや実際当時は偉かったんだろう。

「俺が出向いたら思ったよりも開発チームは混乱していなかった。前も言ったが穂高はヘルプの才能がある。プログラマーとしてもすごく優秀だった。そもそもヘルプなんて優秀じゃなくちゃできない」

「おまえいらなかったんじゃないか？」

正直な感想を言うと五竜は笑った。

「そう、俺も思ったね。なにをしにここに来たんだ。無駄な時間を食わせるなって。ただやっぱり中小にありがちな甘い管理体制だった。仕様は適当、ゲームバランスはなんとなく、みんなで和気あいあい、俺の嫌いな開発体制だ。そういうプロジェクトでできあがったものはたいてい欠点だらけでつまらない。最悪できあがらないこともある。ただ穂高が他人をフォローをしていると、不思議とチームは一つにまとまっていた。チームの大黒柱っていうのとは違う。どちらかというと母親的存在だ」

それはなんとなく納得がいった。穂高は頼もしさはないが包容力はあった。

「開発効率は俺から見れば悪い。個々の声が大きすぎて意見がまとまらない。でも穂高はすべての人の意見に耳を傾けて、いつのまにか包み込むようにまとめ上げてしまう。これもちょっと違うな。穂高がまとめてるんじゃなくて、いつのまにかみんながまとまるように動いてるんだ。剣って後輩いるよな？　あいつが言った言葉はいまでも忘れない。まるでここは家族みたいだ。あいつはそう言った」

家族。抱き枕の俺は知識としてしか知らない。そしてこいつもきっと、憧れていたに違いないもの。あの穂高の部屋で過ごした数ヶ月は、本当に心地よかった。

「できあがったものはプロジェクトの仕様とは違ったが、不思議な魅力があった。傑作じゃないがプレイするのが楽しい。そういうものに仕上がっていた。そこで初めて気づいたよ。俺が担当したプロジェクトの人間味のなさに。結局のところいつのまにか父親に似た仕事の仕方をしていた。効率と成果ばかり重視して人間味がない責任者になっていた。そんなものに反発してゲーム会社に勤めたはずなのにな」

自嘲気味に笑う。

「穂高は俺が憧れていた世界を持っている。いや何に憧れていいかすらわからなかった俺に道を示してくれたんだ」

語り終えたとでも言うように、五竜は長々と息を吐いた。

「おまえ、自分語りすると長いな」

「穂高の話になると長いんだよ」

どこまで本気か冗談か、やっぱりわかりにくい。

「おまえこそどうなんだ。俺にばかり話させるな。おまえはどうして穂高のところに転がり込んだんだ？」

本当のことを言えるはずがない。

「俺が生まれたとき、最初に見たのが遊びに来てた穂高だったらしい。それ以来の刷り込み《インプリンティング》だよ」

「ははは。生まれて最初に見たのが穂高だってのか。それは傑作だな」

本当に傑作と思っているのか。目はあまり笑っているようには見えないぞ。まさか本当のことだとは思いもしないだろうな。

「まあいいさ。無理に聞き出そうとは思わない。どうせついでに聞いただけだ」

一通りの会話がすんで、部屋に入ろうとしたとき、廊下に似たような扉が二つ並んでいることに気づいた。奥だったか手前だったかはっきりしない。

「まあいいか」

迷うより開けてたしかめたほうが早い、そう思ってドアノブに手をかけたら、鍵がかかっていた。

「おい、開けるな！」

いままで聞いたことがないような五竜の鋭い声が背後から聞こえた。

「おまえの部屋は奥のほうだ。その部屋は関係ない」

「なんの部屋なんだ？」

「関係ないと言ったはずだ」

怒っているというより取り乱していると言ったほうが近いかもしれない。ドアノブから手を離すと、五竜はあからさまにほっとした様子を見せた。

「なんだよ、大麻でも栽培してるんじゃないだろうな？」

「俺のコレクション部屋だよ。湿度管理してるから開けてほしくないんだ」

「わかった」

「この部屋がなんなのか聞かないのか？」

「俺だって似たような条件を出してるんだ。詮索はおたがい嫌だろ」

「おまえとは思ったよりうまくやっていけそうだ」

五竜が手を差し出してきたので、俺も握り返した。そういえばこいつから、何度か手を差し出されたが、俺が返したのは初めてだった。


部屋に入り鍵をかけたところで俺はようやく一息つけた気分になった。

十畳ほどの部屋で充分に広い。意外というべきかやはりというべきか、掃除は細かいところまで行き届いている。塵《ちり》一つ落ちてなさそうなフローリングは歩くのをためらわせた。

「いいんだよな」

部屋の隅に布団が一式と机と、テレビとゲーム機とソフト一通りが置いてあった。このへんはさすが穂高の同僚というべきか。

一ヶ月、ここで過ごせばすべて終わる。

15

翌日の夜。

「今日はあいつ、遅刻してきたぞ」

俺がトイレに行こうとすると、リビングから五竜が話しかけてきた。

「うちはフレックスで一時までに出社すればいいんだが、それでもあいつは遅れて来た。いつもは十一時には来るんだがな」

そういうおまえは何時に来てるんだ。まさか穂高の出社前に来て退社後に帰ってるのか。そこまですれば完全にストーカー予備軍だな。こいつならやりかねない。

「穂高の様子はどうだった？」

「遅刻以外は変わりなかった」

俺が絶句しているのを見ておかしそうに笑う。こいつやっぱり性格悪いな。

「冗談だよ。おまえがどこに行ったか心当たりはないかって聞かれたから、知らないって答えておいた」

無言のままうなずく。

「食事はどうする？　俺の手料理でよかったら食うか？」

テーブルには主菜副菜あわせて何枚も皿が置いてあった。こいつは料理が好きらしい。資産家の上に料理好き、あざといくらいに女ウケする要素満載だ。本当に二周目キャラが具現化したんじゃないかと思ってしまう。

しかし家庭料理と考えると豪華だが、一人で食べることを考えるとたんにむなしく思えてくる。五竜はいつも家でこんな食事をしているのだろうか。

「いやいい。今日は食欲がない」

部屋に戻ろうとノブに手をかけたところで思い立つ。もしかしたら食事が豪勢なのは俺が来たからなのか。万が一の可能性だがゼロでもない。

「なんだいらないいんじゃなかったのか？」

部屋から引き返して向かいの席に座った俺に、五竜は気まぐれな奴だと言う。

案の定、飯はうまかった。

「レストランで出せそうなくらいにうまいな」

ただ家庭の味というものとは少し違う気がする。外食のようなよそよそしさがあった。

「そうか、うまいか」

五竜が珍しく嬉しそうに笑っている。

俺はあえてその笑顔を見ないようにして食事を続けた。一ヶ月後には消える身だ。誰とも親睦を深めるつもりはなかった。

関わりを最小限にする。そう思っていたのは俺だけだったようだ。

「晩飯は？」

「材料はあるから自分で作れ。二人分な」

「どうして二人分なんだよ」

「俺も晩飯はまだなんだよ。疲れているんだ。今日はおまえが作れ。居候してるんだから、せめてそれくらいやれ」

それはもっともな話だがなぜか釈然としなかった。

「言っておくが料理はたいしたことないぞ」

「材料はいいのがそろってるんだ。まずくするなよ」

言ってろ。俺は穂高の家でやった要領で料理をした。しかしこいつの家は道具がいろいろそろってるな。何に使うのか想像もつかないものまである。イケメン男一人暮らしのお約束のエスプレッソマシーンもあるが、真鍮《しんちゅう》色《いろ》に天然木のレバーがついた見るからに高そうなものだった。

「まずい」

俺が作った料理を一口食べた瞬間、五竜は箸《はし》を投げ捨てた。

「あれだけの材料でよくこれだけまずいものが作れるな。一種の才能だぞ」

「おまえの毒舌も一種の才能だよ」

「適当に作ってるだろ」

「ちゃんとやってるよ。穂高は一応食べてくれた」

「こんなもん食わせたのか？　倒れたのはまちがいなくおまえのせいだな。いいか、料理ってのは化学なんだ。下ごしらえや調理法にはちゃんと意味があって、うまいまずいはただ単に味の問題だけじゃないんだ」

理系脳理論で怒られた。悔しいけど言い返せない。まずいってことは一緒に栄養素もぶち壊しているってことだろう。

珍しく俺が言い返さず、素直にうなだれているからか、五竜は話題を変えてきた。

「おまえ、苗字《みょうじ》はなんていうんだ？」

「自分からフルネーム名乗れよ」

「五竜大介《だいすけ》。で？」

「夜乃、夜乃星月だ」

「そっちじゃない。本当の名前だよ」

しばらく間をあけたあと、俺は少し大げさにため息をついてみせた。

「無戸籍なんだ。家庭の事情ってやつだ。おまえ、親はろくでもないやつだって言ってたよな。でも金持ちなんだろ？　ちゃんと学校にも行かせてくれたんだろ？　俺の家庭はもっとろくでもない。出生届も出してないし、だから戸籍もない。これでもまだ聞きたいか？」

聞かれるだろうと思っていたので、ネットで調べてそれっぽい理由は考えておいた。社員旅行のときの穂高の言い訳と違い、俺の嘘は五竜にもあっさり通じた。

「体質的にも紫外線に弱い。ちゃんとした就職もできない。いろいろと面倒くさい、出来の悪い人間なんだ。ヒキコモリになったのもしかたないだろ」

投げやりに半分本当で半分嘘の言葉をつなげていく。

「悪かった」

「顔が良くたって、大人の男にはたいして意味がないのはあんた自身もそうだからわかるだろ？　この唯一の利点を活かして夜だけ働くっていったら時間で体を売る風俗くらいだ。ホストだって無理だ」

「もういい。本当に悪かった」

五竜はそう言って席を立つとキッチンに行った。

冷蔵庫から何か取り出し、お湯を沸かし、お茶を淹れている。

二分もしないうちに、俺の前にうまそうな丼《どんぶり》が湯気を立てていた。

「山椒《さんしょう》ちりめんと塩昆布のお茶漬けだ。食えよ」

食べる気分じゃなかったのが、匂いをかいだだけで箸が動いた。

「うまいな」

どんだけ高スペックなんだ、この黒髪メガネは。もう二周目じゃなくて主人公でいいんじゃないかとか、思ってしまう。

「せめてこれくらい、穂高に作ってやれ」

「ああ……そうだな」

うなずいたが、もう二度と会うことはない。まあ、今まで部屋飲みでも五竜は作ってやっていたんだろう。

これからもこんなやつが穂高を友達として支えてくれると思うと安心して、そして少しだけ寂しかった。

16

穂高が五竜のマンションに来たのは、俺がいなくなってからちょうど一週間後のことだった。インターホンの映像に穂高が見えたときは驚いた。

「うちにくるなんて珍しいな」

五竜がまったくいつもと変わらない声でインターホンに出ている。やっぱりこいつはいろいろ信用できないな。平然とした顔でいろんなことを隠していそうだ。

「うん、ちょっと相談があって」

一週間ぶりに聞いた穂高の声。まずい。胸の内から何かがこみ上げて涙ぐみそうになった。

「そうか。まあ上がれよ」

おい、なに勝手に上げてるんだ。いやここは五竜の住まいなんだから上げるのは自由だけど、一言くらい俺に何か言ってもいいんじゃないか。

インターホンが声を拾うので、そんなことを身振り手振りで訴えるが五竜は怪訝《けげん》な顔をしているだけだ。いいや絶対にわかってる。こいつはそういう男だ。

インターホンが切れて穂高がエレベーターで上がってくる間に今度は言葉で伝えたが、

「別にいいだろ。部屋から出なければいい。トイレに行きたくなったらペットボトルにしてろ」

なんてことを平気で言う始末だ。俺は頼る相手をまちがえた。このときほどそう思ったことはない。

そうこうしているうちに今度は玄関のインターホンが鳴った。ドア一枚隔てた先に穂高がいる。あわてて部屋に戻ると様子をさぐるためにドアに耳を押しつけた。

「相談事ってなんだ？」

「うん、どこから話していいか……」

「立ち話もなんだ。上がるか」

「そうする。五竜君のとこに上がるのって久しぶりだね」

二人の会話と廊下を歩く音が聞こえた。聞こえやしないのに、部屋の前を通り過ぎるとき呼吸さえ止めてじっとしていた。

最初の数分は単なる挨拶や俺とは関係ないやりとりが続いていた。

「相談っていうのは……僕のところに居候していた星月君がいなくなったんだ」

「実家に帰ったのか？」

「……どうだろう。なんの相談もなしにただ逃げるように出て行ったから気になって」

五竜はしばらく無言だったが、

「倒れて入院したのと関係あるんじゃないのか」

「入院って、それがどう関係するの」

「だから体を壊した責任を感じてたんじゃないかってことだよ」

五竜の言い方はストレートで飾り気がない。

「そんなことないのに。あれは単純に僕の体調管理不足だよ」

「本当にそうか？　ずっと忙しかったときだっておまえはもっと元気だったぞ。倒れるなんてよっぽどのことだ。星月の世話が大変だったんじゃないか」

「そんなことないってば。だいたい世話って言い方はないだろ？」

「世話って言い方が気に入らないなら、割いた時間って言い換えてもいい。あの男が居候するようになってから、ずっと寝不足気味だっただろう。俺が気づいてないとでも思ったか？」

完全に夜型の俺と同居すれば生活リズムを合わせなくても体調に影響するだろう。まして穂高は俺に世界を見せるためにいろいろ付き合ってくれた。

「認めたくないって気持ちはわかるが、現実はちゃんと認識しろ」

「僕のことを相談しに来たんじゃないよ。星月君がどこでどうしているのか心当たりがないか相談したかったんだ」

「前にも答えただろう。あいつはあまり面識がない。馬が合わない。俺が知っていると思うか？」

二人の会話が徐々に遠くなるような錯覚におちいった。ドアを背に崩れ落ちるようにして座り込む。

これ以上聞いているのがつらかった。会話の内容も穂高の声も、すべてが俺の心に突き刺さり、身動きをできなくした。

どれだけ時間がたっただろうか。足音が俺の意識を現実に引き戻した。

「ごめんね。いろいろ強く言い過ぎた」

「言いたいこと言って少しはすっきりしたか」

「うん、ありがとう」

二人の会話がちょうどドアの前で止まっていた。

「そうだ。前に見せてもらったコレクション、もう一回見ていい？」

「おお、いいぞいいぞ」

このときばかりは五竜の声に感情と熱が帯びる。コレクションってなんだ。

「この部屋だよね」

そう言って俺の部屋のドアノブが回った。鍵がかかっているはず。そう思って見たがかかっていなかった。途中で止まるはずのノブが最後まで回りきる。俺が隠れるように移動するのと、ドアが開くのがほぼ同時だった。

「あれ、ごめん。まちがった」

開いたドアをはさんで俺と穂高がいる。同じ部屋の空気を吸っている。あと少しドアを開けば裏に隠れている俺の体にぶつかってしまう。

「おい、勝手に開けるな。おまえらしくない」

「ごめん。やっぱりぼうっとしてたみたい」

この状況においても五竜の声はまったく平然としている。いったい心臓にどれだけ毛が生えてるんだ。

「五竜君の部屋じゃないよね。誰か住んでるような雰囲気だけど」

呼吸音が漏《も》れないように両手で口をおさえて、壁際でじっとしているのが精一杯だ。心臓の鼓動が聞こえやしないかと思うくらい激しく脈打っていた。

部屋に一歩踏み込んだ穂高の後ろ姿が少しだけ見えた。

「あまり俺のプライバシーを詮索するなよ」

「ああ、そうだね。ごめん」

ドアが閉まろうとして途中で止まった。

「どうした？」

「ううん、ちょっと思い出してた。星月がいたときの雰囲気に似てるなって」

「ああ、鋭いな。じつは星月はここにいるんだよ」

思わず声が出そうになるのをかろうじてこらえた。

「冗談でも怒るよ」

穂高の穏やかな声に少しだけ剣呑《けんのん》な気配が混じる。

「ああ、悪ふざけが過ぎた。謝ろう」

メガネを指先でクイッと持ち上げて光らせているような謝り方だった。つまり偉そうでまったく謝っているように聞こえない。

「星月に会いたいか？」

「うん、会いたい。いなくなってわかったことが色々あるんだ。いまの気持ちを星月に伝えなくちゃって思う」

「そうか」

二人はそのあとしばらく黙っていた。ドアを隔てているので見えないが、穂高は部屋の中を、五竜はそんな穂高を見ている姿が浮かんだ。

「もし会いたいなら、体調管理はちゃんとしろ。出社できるくらいになったとはいえ、まだ万全とは言えないんだぞ」

「でも」

「でもなんだ。またあいつに会って世話をして倒れるのか。どうして星月は出て行った」

「やっぱり僕が倒れたからかな」

「だったらまず自分を大事にするんだ。星月を心配する権利はそれができてからだ」

穂高はしばらく無言だった。

「寂しいんだ」

消えそうな声でつぶやくと、今度こそドアは閉じた。

17

十二月二十三日。

明日は俺が人間になれる最後の日だ。しかも夜中の十二時まで。時間もいつもの半分くらいしかない。残された時間はほとんどない。

五竜の家での食事も今夜が最後だろう。いつもより豪勢に見える料理は送別のつもりだろうか。

「明日帰るのか？」

「ああ、いままで世話になった。陽が暮れたら出かけるから会えるのはいまが最後かな」

メガネの奥から探るような眼差しを送ってくる。一ヶ月一緒にいたが、この視線だけはいまだに慣れない。

「まっすぐ帰るのか？　実家はどこなんだ？　交通費はあるのか？」

五竜はいつになく聞いてくる。

「おたがい詮索しないって約束じゃなかったか」

「そうだったな」

しかし引き下がるのもあっさりしていた。本当に聞きたかったのかと疑いたくなる。

「最後の夜だ。街や公園をぶらついてから帰るよ」

「最後の夜？」

「東京での最後の夜ってこと。深い意味はないから勘違いするな」

しばらく無言の食事が続く。いつも似たようなものだが、今日はいつもより少しばかり空気は重い。

「何か気に入ったものがあればもっていけ。餞別《せんべつ》代わりだ」

食事を終えると五竜がらしからぬことを言ってきた。

「なんでもいいのか？」

「俺がいいと言ったらな」

少し考えて玄関にかかっているコート指さす。

「あのコート、もらっていいのか？」

「もう着ないからいい。それに悔しいが、おまえのほうが似合う」

夜出かけるとき、ほんの数回だったが、五竜にコートを借りた。五竜の服はどれも着心地がよくて高そうに見えなくても着たらいいものだと実感するものばかりだった。中でもこのコートは軽くて驚くほど暖かくて、穂高の安物のコートとは大違いだった。

俺がちゃんとした人間で、働けたら。穂高にこんなコートを買ってやりたいなと思った。

「ありがとう」

最後に五竜は数枚の万札を俺に渡そうとする。いらないとつき返し返されを数回繰り返し、目的地を思い出した俺は、一枚だけ受け取ることにした。

「穂高には挨拶していくんだろうな？」

「……ああ」

俺の一瞬の躊躇から何か察したのか、五竜は厳しい口調で念を押す。

「絶対に会ってから帰れよ。そのまま帰るなんて恩知らずなことはするな。出て行くようにそそのかした俺が言うのもなんだが、最後の別れはちゃんとしろ。また来ることもあるんだろう？」

言っていることはもっともだ。でも、また来ることは絶対にない。

それに俺はもう決めていた。穂高には会わず人知れず抱き枕に戻ることを。

18

人間でいられる最後の場所はもう決めていた。

一番楽しかった思い出の場所。

一度しか行ったことのない場所だが不思議と行き方は覚えていた。

クリスマスイヴのテーマパークは秋に来たときよりも人が多く、かつカップルが多かった。イヴなんだから当然なのかもしれない。一人で来ている俺が異端なんだ。

もう一つ違うことがあった。俺はここに遊びに来たわけじゃない。最後の場所をもとめに来ただけだ。

人混みをかき分けるようにしてパーク内を歩く。どこを見ても幸せそうにしている人達ばかりだ。人生の終止符を打つために来た俺とはまるで違う。ただ不思議と妬《ねた》む感情はわいてこなかった。彼らを祝福するくらいには心に余裕があった。

「不思議なもんだな」

一回来たきりなのに道や建物は鮮烈に覚えていた。ああ、ここで穂高と食事をしたとか、二人であのアトラクションに乗ったとか、ここで抱き枕を抱えた穂高と二人で写真を撮ってもらったとか、記憶のすべては穂高と結びついていた。

その思い出と重なると、まるで二人で歩いているかのように、心の中に暖かいものが灯《とも》る。

やがて目的の場所へたどり着いた。混雑しているパーク内では比較的すいていた。いる人のほとんどはカメラを片手に写真を撮っている。

俺は目の前のものを見上げた。高い高いもみの木に電飾や飾り付けがされている。カナダから運ばれてきた巨大もみの木の立派なクリスマスツリーだ。

——ここはね、クリスマスシーズンになると大きなクリスマスツリーが飾られるんだ。

穂高が目を輝かせて言った言葉。そのときの表情も仕草も昨日のように思い出せる。

おそらくそれは人として最後の場所を無意識に選んでいたからかもしれない。いつも十時に閉園するテーマパークも、クリスマスイヴだけは夜中の十二時まで開園しているらしい。ちょうど俺が人間でいられる最後の瞬間だ。

今日はもう朝を待つ必要はない。

閉園後、清掃の人か誰か、テーマパークの関係者がここで抱き枕がうち捨てられていることに気づくだろう。最初は落とし物として保管されるかもしれない。ただ一定期間が過ぎれば処分されるはずだ。

空いているベンチを見つけ、そこに腰をおろし、クリスマスツリーを見上げた。

気持ちは不思議と穏やかだ。軽快な音楽もにぎやかな人々もどこか遠い世界のように感じられた。いまこの場にはもみの木と俺しかいないような錯覚にとらわれた。時間は静かに流れていった。

どれだけ時間が経過しただろう。

「星月！」

俺の穏やかな時間をさえぎる声が聞こえた。ひさしぶりに聞いた声は最初幻聴かと思った。ここにいるはずがない。いていいはずがない。否定しつつおそるおそる振り返る。

そこには穂高が立っていた。


「やっぱりここにいた」

よほど急いできたのか肩で息をする穂高は途切れ途切れにそう言った。呼吸が整うのを待って声をかける。

「ひさしぶりだな」

内心の動揺、驚き、その他もろもろの感情がいりまじった結果、第一声はとても平凡なものだった。

穂高は隣に座っていいかと問うてきた。俺は無言でベンチの片方に体をよせてスペースを作る。

穂高が隣に座った。肩がふれそうな距離で体温がじんわりと伝わってくる。

「よくここがわかったな」

「君がいなくなってから毎日探していた。最後の日にここに来るのはほとんど賭《かけ》だったよ」

「博打《ばくち》の才能があるとは知らなかった」

ジョークは聞き流された。そんなに面白くなかったか。いやそんな心境じゃないよな。俺もそうだ。ただ軽口を叩いていないと、胸の内から言葉があふれでそうになってしまう。それはきっと表に出してはならない感情だ。

今だって、毎日探していたと言われただけで、99パーセントの申し訳なさと、1パーセントの嬉しさで泣きそうになってる。

それからしばらく二人は無言だった。クリスマスツリーを見上げているだけ。こういう時間の中で抱き枕に戻るのも悪くないかもな。ああ、でも俺が抱き枕に戻ってしまったら穂高はショックか。やはりどこかで別れを切り出さないといけない。

先ほどまで無心で見上げることのできたツリーは、もうそういうわけにもいかなかった。

「やっぱりこのツリーは綺麗だね」

穂高がぽつりと言う。

「ああ」

俺も短く相づちを打つだけだ。

「元気だった？」

話の切り出しはまるで普通の世間話だ。黙って出て行ったんだ。もっと責めていいのに。しかしそこが穂高らしくもある。

「まあな。おまえも元気そうだ」

「うん、元気だった、かな？」

歯切れの悪い返事が返ってくる。

「ちょうど仕事が忙しくなってね。正直に言うと元気とかそうじゃないとか考える暇があまりなかった」

あまりにもタイミングがいいと五竜の差し金じゃないかと疑いたくなる。穂高のような姿勢に憧れて会社を移ったって言ってたが、やってることはあまり変わってないんじゃないか。しかし穂高が俺をずっと探していたのは知っている。仕事が忙しいうえに、俺を探していたのかと思うと、1パーセントの嬉しささえも申し訳なさに変わって、

「そうか」

と、相づちを打つのが精一杯だった。

「……あのさ、今日が、期限……だよね？」

穂高が途切れ途切れに、あるいはおそるおそる喋る。

「なんの？」

「なんのって……」

困った顔で言葉を詰まらせた。

「笑えない冗談だったな。そうだ。今日が期限だ」

「置き手紙に書いてあったこと、本当？　本当に人間になれるめどがついたの？　ううん、人間になれたの？」

返答に窮する。本当のことを言うか嘘をつきとおすか。まっすぐに見つめてくる穂高相手にごまかすのは無理だと思った。

「嘘だよ。妖精の魔法は今日限り。夜中の十二時になれば枕に戻って、もうそれっきりだ。シンデレラみたいなシチュエーションだな」

「そんな……」

穂高が唇をかみしめてうなだれる。

「だから言いたいことがあるならいまのうちに言え。黙って出て行った文句もいまならいくらでも聞いてやれるぞ」

「一つだけ聞かせて。どうして出て行ったの？」

一番答えにくいところをついてくる。

「おまえつまらない奴だしさ。一緒にいるの飽きたんだよ。おまえとくっつかないと人間になれないなら、もう別にいいかなって。無理して一緒にいたって時間の無駄だし。だから残りの時間は好き勝手に過ごそうと思ったんだ」

穂高は無言のまままっすぐに見ている。

「……なんてくだらない言い訳にだまされるおまえじゃないよな」

「僕のことが重荷になったの？」

「逆だろ。おまえが俺のことが重荷になったんだ」

穂高の表情が一瞬だけこわばった。自覚はなかったにしても無意識にはわかっていたのだろう。まさに図星をつかれてしまったわけだ。

「そんなことは、ないよ」

初めて穂高は顔をそむけた。ひさしぶりに見る穂高の横顔。でもそんな表情は見たくなかった。

「あるだろ。俺に付き合って夜を過ごしたら、休む暇なんてなくなる。俺が人間になるための条件だっておまえの心には重かったはずだ。だから倒れたんだ。倒れて当然だ。な、重荷だろ？」

「そうだね、重くなかったって言えば嘘になる。だって星月は僕にとって大事な存在だったから。なのに僕は馬鹿だ。こんなギリギリまで、君を見つける努力をしなかった。君を探してはいたけど、きっと君は大丈夫なんだ、もう人間になっていてどこかで幸せに生きているんだ、って無理矢理自分に言い聞かせていた」

空を見上げていた穂高の顔はいつのまにか地面を睨みつけていた。

「穂高は悪くない。俺が勝手に出て行ったんだ」

「もっと探すべきだった。探すべきだったんだ」

穂高は悔恨の塊をはき出す。でもそれは勘違いだ。

「絶対に見つけられなかった。時間の無駄だ」

俺の淡々とした口調に穂高はどこか不思議そうにしていた。

「星月は平気そうだね。僕のほうが慌てふためいている」

言われてみればそうだ。一ヶ月前に覚悟したからか。いやそれだけじゃない。理由はもう一つある。

「そうだな。満ち足りたからじゃないか」

「僕のところを出て行って何かいいことがあったの？」

複雑な表情をしている。

「いいや、さっきまでは空っぽだったよ」

そう、俺はずっと空っぽだった。夜の間だけ人間になれるようになってから、それでもただのキャラクターでしかなかった俺の中身を満たしてくれたのは穂高だ。だけど俺は一ヶ月前、それを捨ててしまった。以来ずっと空っぽのままだ。

穂高の手を取る。強く握ってはいないが以前のようにふりほどかれることはなかった。

「穂高と会えたことが奇跡だ。穂高と時間を過ごしたことによって俺は人間になれた。だから俺はもう満ち足りているんだ」

穂高じゃない誰かに拾われていたら、絶対にこんな気持ちにはならなかった。この満ち足りた気持ちは、俺の孤独を穂高の優しさが満たしてくれたものだ。

「ありがとう」

強く手を握り感謝の言葉を伝えた。ただ穂高の顔だけは見ることができなかった。その勇気だけはなかった。少しうつむいて、広い胸のあたりに視線をさまよわせながら言った。

「さてと伝えたいことは全部伝えた。これで思い残すことはない」

嘘だった。本当は一つだけ胸の中に秘めている想いがある。しかしそれを伝えては呪《のろ》いになる。穂高の心に一生突き刺さってしまう。こいつは優しいからその傷を抱えて生きていくことを選んでしまう。

だから俺は本当の気持ちを伝えない。

目の前を雪が横切った。クリスマスツリーを包み込むようにして雪が降り出していた。周囲では歓声があがっていた。

「ホワイトクリスマスだな」

「うん」

再び続く無言の時間。

「さすがにおまえの前で抱き枕に戻りたくはない。じゃあな」

ぎりぎりまで穂高といたかったがそれは駄目だ。ここで別れるのが最良だ。

俺は立ち上がって穂高の手を離そうとした。しかし穂高の手は離れない。離してくれなかった。

「勝手すぎるよ」

「『ときレボ』じゃそういうキャラ設定だからな」

「茶化さないで！」

いきなり声を張り上げたのに驚いた。いや穂高が声を荒げたことに驚いてしまった。いつも温和な印象しか俺の中にはなかった。

俺の知らなかった穂高の一面だ。惜しいな。きっとまだ知らない一面がたくさんあるんだろうな。未練が一つ増えてしまった。

しかし俺の感慨に反して穂高は本気で怒っていた。

「本当に、本当に、本当に身勝手だよ！　勝手に僕の前に現われて、勝手に居座って、勝手に運命の相手に決めて、勝手にいなくなって、勝手に言いたいことだけ言って自己満足して消えるなんて本当に身勝手すぎる！」

そうかもしれない。俺はまだまだ未熟だ。でもそこは許してくれると助かる。そうは見えないかもしれないが、じつはまだ生後四ヶ月なんだ。

「それは悪かったな」

「謝らないでよ！」

じゃあどうすればいいんだ。切れた穂高は意外に支離滅裂だ。戸惑う俺を穂高が強引に引っ張る。

「座って」

「は？」

「ともかく座って！」

なんだか逆らうと怖そうだ。俺はおそるおそるまたベンチに座る。まさか人間としての最後の時間は怒られて終わるのか。

「今度は僕が言わせてもらう」

まっすぐ前をむいた姿勢のまま宣言する。しかたないので俺はおとなしく待った。穂高と同じ方向を見て待ち、雪が降る空を見上げて待ち、肩に積もった雪を振り落として待った。

「おい」

穂高は前を向いたまま凍り付いたように動かないので、しかたなくおとなしく待つことをあきらめた。

「いつまで待てばいい」

座れと言ったときの厳しい表情はすでにいずこかに消えて、そこにはいつもの穂高らしい横顔がある。

「ごめん、少し気持ちを整理してた」

ぽつぽつと語り出す。

「初めに君に会ったとき、僕が君に抱いた印象ってわかる？」

「態度がでかいか？」

「あっ、ええと……二番目に抱いた印象ってわかる？」

なぜ同意して問い返す。あいかわらずしまらない男だ。

「さあ、面倒くさいとかそんな感じだろ」

「違う。危ういと思ったんだ。もろくて、今にも壊れそうだって」

「態度がでかいって感じた相手に、危うくてもろい？　ずいぶんな落差だな」

「抱き枕だった星月を雨の中持って帰ってきたのは、捨てられてたイワオを拾ってきたときと同じ感情だよ」

まさかここでイワオが出てくるとは思わなかった。たしかにおまえはイワオを愛しているよ。うらやましいと思ってしまう自分がなさけない。

「君が最初に人間になったときは、とにかく驚いた。態度が大きいとか、なんで僕の部屋にいるんだろうとか、ただただ混乱してた。でも、そのあと、自分の正体を抱き枕だって言って、信じない僕の前から出て行くって言ったとき、持ち物はこれだけだって、パジャマを出した」

たしかにそんなこと言ったかもしれない。

「そのときの君は、本当に寂しそうで、壊れそうだった。正直に言うとね、君の世話は楽しかった。こう言うと怒るかもしれないけど、君を守るのは大きな満足感を僕に与えてくれた。保護欲や庇護欲《ひごよく》を満たしてくれた。こんなこと言われたら嫌だろう？」

「いや、怒らないよ。逆に人間らしいじゃないか。純粋に人助けが好きだなんて言われた方がひく。俺が幻滅するはずないだろう」

聖人君子じゃないから幻滅するなんてハードル高すぎだろ。いや自分に厳しすぎだ。

「ううん、これから幻滅するんだ」

穂高の笑顔に初めて邪《よこしま》なものが混じった気がした。俺の知らない、たぶん五竜も知らない穂高がいた。

「その気持ちが変わったのはここに来たときだった。君とここで過ごしたのは楽しかった。抱き枕を抱えて恥ずかしかったってのも大きかったけど、でも僕がいままで感じたことのない楽しさを感じてた。ただパレードのあとの君の行動には驚いた。そのあとの告白はもっと驚いた。まさかそんな目的があったとは思わなかった。でもね、僕の胸の内にはたしかな喜びもあったんだ」

穂高が高揚した様子で語る。まて喜びって言ったか。それはどういう意味だ？

「だって君を守るのに僕が必要なんだ。僕だけが君を守れる。僕だけが君を助けられる。僕だけ、僕だけなんだ」

穂高の頬が紅潮してる。寒さのせい？　いやきっとちがう。

「だから僕は僕なりの方法で君を愛そうと思った。その感情は意外なくらいあっさりと受け入れることができた。僕は君を守る。家族のように、とても大事な人として愛そうと思った」

「イワオみたいな感じか」

「イワオも家族だよ」

どこまで本気なんだろうか。

しかし思い返せば納得がいく。穂高はなにかにつけて俺を家族っぽく扱おうとしていた。

「社員旅行に連れて行ったのもそう。僕はことあるごとに君を家族のような存在だと自分自身に言い聞かせたんだ」

「言い聞かせてた？」

「そう。言い聞かせてた。本心は違う。閉園後、最後にお城の前で話したこと、覚えてる？」

――今度できたら、してやれよ。

――星月君もね。星月君なら彼女すぐできるよ。

たしかそんなことを話していた。

「あのとき、僕はもうはっきり君が好きだってわかった。君に彼女ができるなんて嫌だと思った。でもそんな自分の感情をどうしていいかわからなかった。家族や友達って関係だけじゃ説明がつかない」

いきなり出てきた好きという言葉に鼓動が跳ね上がる。

「人間になった君がパジャマを出して、俺の持ってるものはこれだけって言ったときの目を見て、危うくていまにも壊れそうで、守りたいと思ったって言ったよね。いま思えば、僕はもうあのときから君に惹《ひ》かれてた。とっくに。もうずっと」

真顔で穂高が見つめてきた。あまりにも真剣で俺も思わず見つめ返す。

「でも男の君を、好きだって思うのは友情だって思ってた。いままで同性をそんな対象で考えたこともないから、好きの微妙な区別なんてつかなかった」

友情じゃないなら。その先の意味を知りたかった。

「僕が倒れたとき、一週間一緒にいたよね。すごく楽しかった。今まで彼女とだって、何日か一緒にいたら、喧嘩のひとつやふたつした。そもそも一週間も誰かとずっと一緒にいたことなんて初めてだった。家族だって、一人の時間が欲しくなる。でも星月とはずっと一緒にいて、それでも足りないと思った。昼間抱き枕に戻る君を見て、僕はすごく寂しかった。星月ともっと話したかった。星月の存在をずっと横に感じていたかった」

穂高はまだ俺の手を離してはくれなかった。

「君は家族じゃなかった。友達でもなかった。その気持ちに整理をつけるのは大変だったよ」

それどころかますます強く握ってくる。

「妖精さんも意地悪だよね。君を好きになる。僕は君に恋をする。君は人間になるために、告白されたらイエスって言う選択肢しかない。そのときは幸せかもね。でも星月は魅力的だ。もし人間になったら、きっとすぐに僕のもとを離れて、別の人生を歩む」

握っている手が震えていた。

「だから人間になって欲しくなかった。ずっと僕のそばにいて欲しかった。でも本当の人間になってしまった君を僕のものにしておける自信がない。だからといって君がクリスマス過ぎにいなくなるのは耐えられない。だから家族愛に逃げた。恋愛感情じゃなくて、家族のようになれたら、君とずっと一緒にいられる。愛の解釈を無理に広げて、それで人間になれるって思い込もうとした」

こわばっていた握っている手の力がふいに抜ける。

「時間がなくなっていくのに。君が人間になれなかったら取り返しがつかなくなるのに。そんな臆病で身勝手なことで、躊躇してた。なにもできなかった」

自嘲的に笑う。

「結局僕は全部自分のために行動していたんだよ。しまいには勇気がなくて君を見殺しにしようとしてた」

俺はしばらく穂高を見ていることしかできなかった。いままで知らなかった穂高の一面。しかしいまの独白は納得のいくものだった。いままでの穂高の言動を考えると腑に落ちる部分も多かった。

「ほら幻滅した」

黙っている俺を見て、穂高は寂しそうに笑う。

「おまえ、ほんとにバカなんだな」

「わかってる。僕は最低の人間だ。星月が出て行くのも当然だ」

本当にバカだ。まだわからないのか。

「俺がなんでいなくなったか、本当にわかってないのか⁉」

穂高に詰め寄った。大きな体が勢いに気圧《けお》されて後ろに下がる。

「おまえが好きだからだよ！」

頭ひとつ大きい穂高に向かって、くってかかるように叫ぶ。

「おまえには普通に幸せになって欲しかったからだよ！　五竜が言ってた。おまえがいると会社でも家族みたいだって。俺もそう思う。おまえならさぞかしいい家庭が作れるだろう。だから、おまえみたいにいいやつは、女と結婚して子供作っていい父親になって、そういうもうベッタベタに幸せな人生を歩むべきなんだ。俺がいちゃだめなんだ」

「だから出て行った？」

「そうだよ。おまえには、おまえにだけは幸せになって欲しいから！」

ずっと厳しい表情をしていた穂高がふっと微笑《ほほえ》んだ。

「その言葉、そっくりそのまま星月に返すよ。星月は最初から女の子を幸せにするために生まれてきた。だから本当の人間になったら、星月は女の子とつきあうべきだ」

「勝手に決めるな」

「先に僕の幸せを決めたつけたのは星月だろ？　君が思ってるほど、僕はいいやつじゃない」

今度は穂高が詰め寄ってきた。しかし俺は下がらない。すぐ鼻先に穂高の顔がある。

「社員旅行の時、総務の大雪さんと楽しそうに話してたよね。二人が結婚したらきっとものすごくかわいい子供が生まれるよ。君だって幸せになれるよ。でもね、僕は絶対、君を他の人に渡したくない」

穂高は立ち上がると俺の手を強引に引っ張って立ち上がらせた。勢い余った俺の体はそのまま穂高の胸にぶつかった。

「もういい。あれこれ考えるのはやめた」

見上げると穂高の顔が近い。胸板にぶつかるくらい距離が近かっただけではない。穂高は顔を近づけていた。いままで見たこともない強い眼差しがあった。

「おい」

なんのつもりだ。そう問おうとしたが最後まで声を出すことはできなかった。

腰に穂高の手が回り、近づいた鼻先がかすめるようにすれ違い、そのまま距離を詰めて、まだ言葉の途中にある俺の唇がふさがれた。

クリスマスツリーを前にして俺は穂高にキスをされていた。ただただ驚くばかりで、穂高の体が離れるまで、身じろぎ一つできなかった。

「僕の部屋に行こう。今日を君の最後の夜になんてさせない」

呆然としたまま、いつのまにか俺はうなずいていた。

テーマパークから駅、電車の中でも穂高は一言も言葉を発しなかった。黙したまま、ずっと前を睨んでいる。こわばっていると言うより緊張している顔なのだろうか。何度も横目で確認しながら、かくいう俺もいっさい話すことはなかった。

さっきのキスのことを思い出してしまう。まさか穂高のほうから迫られるとは思ってもいなかった。

駅を降りると穂高はいつもより早足にアパートへ向かう。普段でも遅れがちの俺は引っ張られるようにしてついていくしかなかった。

アパートにつき部屋に入るとドアを閉める。穂高が鍵をかける音がいつもより大きく感じた。なにをしにアパートの部屋に戻ってきたのか、激しい動悸《どうき》がなによりも物語っている。

「優しくしたいけど、できなかったらごめんね」

そのまま振り返ったかと思うと強く抱きしめられた。背中が玄関のドアにぶつかる。痛いと抗議しようとした口がふさがれた。テーマパークでの優しいキスとは違う激しくむさぼるようなキスだ。

驚きのあまりあらがおうとする俺の手は、いつのまにか穂高の大きな手に捕らわれていた。包み込むような包容力を感じさせる大きな優しい手は、いまは俺の両手を押さえつける枷《かせ》となり、どんなにあがこうにもびくともしなかった。

もう片方の手が服のボタンをはずし、肌をまさぐる。乱暴で痛い。服がはだけてその下から肌がさらけだされてしまう。穂高の目がはだけた肌の上をさまよった。視線を感じる肌の内側が熱くなった。

「おい、そんなに……」

見るなと言おうとして、うわずった自分の声が恥ずかしくなった。まるで何かを期待しているかのようなはしたない声に自分でも戸惑った。

そのまま後ろに向けさせられた。俺はドアに手をつく形になるしかなかった。振り向いても穂高はとまらない。ベルトをはずしてくる表情は怖かった。しかし必死さも感じた。その姿が愛《いと》おしいと感じてしまった。

愛おしさが俺の体から力を抜けさせた。

もうすべて穂高にゆだねよう。自然とそんな気持ちがわいてきた。

強く抱きすくめられて、身動きできないでいる俺の耳に穂高の息がかかる。

「もう止まれないから」

ゆっくりと穂高の熱いものが俺の中に侵入してきた。体の中が圧迫されて、苦しさに息を吐く。呼吸が荒くなる。声が出そうになるのを必死にこらえた。

苦痛の声かそれ以外の声なのか、もう自分にはわからなかった。

耳元では荒い息づかいがたえず聞こえてくる。たえず激しく動いている。容赦がなかった。

なのに俺の体は熱くなった。穂高の熱い体と混じり合い、溶けてしまいそうだった。


脱ぎ散らかした服が部屋に散らばっていた。穂高はベッドの上で壁によりかかり、俺は穂高によりかかっていた。

まどろんでいる俺とは相反して、穂高の体からは緊張が伝わってくる。ずっと壁の一点を見ている。ああ、そうか。時計を見ているのか。

「あと十分くらいだな」

今日という日が終わるまでの時間。俺が人間でいられるカウントダウンだ。

「落ち着いてるね」

少し呆《あき》れた口調だ。なんていうか先ほどまでの行為に比べれば、本当の人間になれるかどうかなんてどうでもいいことのように思えてきた。

それに安堵《あんど》している理由はもう一つある。

「怖くないの？」

「ぜんぜん。俺はおまえを信じてる」

「星月は肝が据わっているね。僕はドキドキしっぱなしだよ」

「知ってる」

穂高の胸に顔を押しつけている。鼓動ははっきりと聞こえていた。

「あと五分だ」

しばらくして穂高が言う。指と指が絡まるようにつながっている。本当に穂高は緊張しているな。こういうところは肝が据わっていない。さっきまではあんなに大胆だったくせに、ことが終わるといつもの穂高だ。

ただいつもどおりなのは安堵する。つないでいる手は少し汗ばんで緊張しているけれど、いつもの穂高の包み込む暖かさがある。

「あと一分だ」

ところで時計は正確なのか。ずれていたらカウントダウンになんの意味もないぞ。

「電波時計だから正確だよ」

大きな体がこわばっているのがわかった。緊張している。身を預けている俺は少し居心地が悪くなった。柔らかい快適なソファが安物のソファに変わってしまった感じだ。

「落ち着けよ」

手がさらに強く握られた。腕が離すまいと強く抱きしめてくる。俺はただ身をゆだねるだけでよかった。

「……になった」

ああ、たぶん十二時になったことを言ったんだろうな。

審判の時はあっけなく終わった。

「だから言っただろ。信じてるって。俺はおまえを愛してるし、おまえは俺を愛してる」

「星月は強いね」

それでもしばらく穂高は時計を見ていた。電波時計だから正確なんじゃなかったのか。待てよ、あのおっさん妖精が時間にルーズって可能性はないか。時間まちがえちゃったとか平気で言ってきそうだ。

十二時十分をすぎたころから、ようやく穂高の体から力が抜け、緊張がほぐれていく。

「よかった。本当によかった」

緊張がほぐれると、穂高の別のところが緊張してきたのがわかった。

「おい、おまえ……」

気恥ずかしさから体を離そうとした俺を、穂高が自分の腕の中に引き戻す。

「いままで見たことのない星月を見たい」

なにをいまさら。さっき隅々まで見ていたじゃないか。

「朝日の中で星月を見たいんだ」

なにげない言葉が胸の奥にここまで響くとは思わなかった。

朝日、太陽。夜の住人だった俺には無縁のものだ。しかしそれも昨日までだった。

「朝までまだ時間はあるよね」

穂高は笑う。彼特有の笑顔。でも今まで俺が知っていたのとは違う、いたずらっ子のような意地悪さをはらんだ笑顔。

俺を包み込んでいた大きな体がのしかかってきた。一回り体の小さい俺は、ただ従うしかなかった。

19

穂高は一日中俺を離さなかった。

平日だったが、風邪ですと会社に連絡する。

「ズル休みなんて、初めてするよ」

ベッドの上でとにかくずっと俺を見て、何かするたびに穂高はにっこりする。

「よく飽きないな」

「昼の星月は新鮮で綺麗なんだよ」

と髪をさわり、頬をなでる。

「夜は見飽きたってか」

「そんなことないよ。でも普通なら飽きるくらいには見たかな。何度か僕が遅くなって星月が先に寝てたとき、いつも寝顔を見てた。綺麗だなって思ってた」

「なんだよ、じゃあ過労で倒れたの、俺のせいだけじゃないじゃないか」

「え？　星月のせいでしょ。寝不足にさせたんだから」

穂高がようやく俺を解放してくれたのは、陽が暮れ始めた夕方。

どんなに甘い時間だろうと腹は減る。

食事もかねて散歩に行くことにした。

今日は二十五日の夜。街はクリスマスの飾り付けを取り外し、年末年始仕様に取り替え始めている。クリスマスケーキが半額で売られていたり、その横では門松の用意がされていたり。人間の年末はイベントだらけだ。

帰る途中で、公園に寄っていこうと穂高が言った。

噴水が綺麗な公園で、前に何度か連れて行ってもらったことがある。

公園に行くとクリスマスだからか、噴水がライトアップされていた。

ラッキーなのか、それとももうクリスマス気分が抜ける深夜だからか、不思議なことに、俺達以外、誰もいなかった。

「綺麗だね」

公園の噴水はいくつものノズルから凝った演出で次々と水を噴きだした。

二人で時を忘れて見ていると、いつのまにか昇ってきた月の輝きと噴水が重なった。それが起こったのはこのときだった。

見覚えのある光が噴水中央にあるオブジェの頂《いただき》から輝いた。神々しい光を見て、全身から冷や汗が出る。これはもうトラウマ、あるいはPTSDと言ってても過言ではないかもしれない。

光の中からそいつは徐々に現われた。昇降台に乗っているかのように、頭から登場する。やがて全身が現われても、俺たちは何一つ言葉を発することはできなかった。

さすがにピンク色のドレスはもう着ていない。もっと悪い。全裸だ。右手で胸を隠し、左手は股間を隠している。さながら絵画のヴィーナスの誕生のようなポーズだ。貝殻の代わりに噴水の水に乗っている。

「愛の舞、最終楽章！」

ふんと鼻息荒く、両手を左右に広げる。おい、大事なところは隠しておけ。しかし奇跡かな。手を離した瞬間、斜めに飛んできた噴水の水が、絶妙なタイミングでおっさんの股間の前を横切って隠す。

と言うか奇跡の使いどころをまちがっていないか。もっと世の中に必要な奇跡はいくらでもあると思うのだが。

おっさんはひらりと水面に降りると、再びあの夜のようにダンスを始めた。ピンと伸ばしたつま先は決して水面には沈まず、ただ波紋だけが生まれる。

水面を軽やかに恍惚《こうこつ》とした表情で舞う変態、もといおっさん、いや妖精。

どんなに激しく大きく動いても、右から左から下から飛んでくる噴水の水が、常におっさんの股間を隠している。さながら噴水モザイクだ。どうせならおっさんの全身を隠してほしいところだが、噴水の水はつねに最小限の場所しか隠さなかった。

おっさんの動きに合わせて噴水の水が出ているのか、噴水の水に合わせておっさんが動いているのか。卵が先か鶏が先か。深遠な哲学的問題を内包した舞を前に、俺はただただ絶句するばかりだ。

「モアーレ！」

またまちがった単語を発している。誰か指摘する親切なやつはいなかったのか。ちなみに俺は嫌だ、というより不可能だ。晴れて人間になったいまでも、おっさんを見ていると手が震えてしまう。

「モアーレ？　干渉縞《かんしょうじま》のモアレのことかな。古いディスプレイだと酷かったんだよね。でもどうしてモアレ？」

横でなにやら専門的な解釈をしている奴がいる。穂高、おまえは良い奴だが絶対にその解釈はまちがっているぞ。あれはどう見てもおっさんの勘違いだ。そもそも干渉縞って叫ぶ意味がどこにある。いやアモーレでもおかしいが。

つうかあのおっさんを見た第一声がそれか。なんでそんなに平静なんだ。もしかして驚いている俺がおかしいのか。しょせん元抱き枕の狭い見識による解釈に過ぎなかったのか。目の前の変態、もといおっさんの行動はごくごく平凡で驚くほどのものではないのか。これからも似たような出来事を何度も目にすることになるのか。

だとしたら嫌すぎる。ほんのちょっぴりだけ人間になりたいと願ったことを後悔した。

「おまえ、あれ見てよく平気だな」

だってよく見かけるじゃないと言われたら、俺は本当のニートになろう。一生穂高の部屋から出てこない。

「だってまえに言っていた妖精さんでしょう。驚いたけど、聞いたとおりの人だったから」

おまえ順応性高すぎ。さすが抱き枕だった俺をあっさり受け入れた男だけのことはある。度量が広いというか、やっぱり頭大丈夫かと心配になる。

あの夜のようにまた何十分も見せられるのか。いやあの頃の俺とは違う。いまなら目をつむることも顔を背けることもできる。それどころかここから立ち去ることだってできる。穂高に俺と同じ心の傷を作ってはいけない。手を引っ張りその場を離れようとしたが、心配は杞憂に終わった。

おっさんのダンスは数分で収束し、それに合わせるように噴水の水が弱まっていく。いや待て、やっぱり一大事だ。噴水モザイクが消えてしまう。

「やめろー！」

思わず叫んでしまった。いやここはやめるなと叫ぶべきだったか。

「フィニッシュ！」

おっさんは股間が見えそうになるのも気にせず、両手を高く上げて最後のポーズを取る、と同時に噴水の水もやんだ。

そのときどこからか風で飛んできた粗品と書かれたチラシがおっさんの股間に張り付いた。間一髪、俺も穂高も醜悪なものを見ないですんだ。

これもまた妖精の奇跡なのか。ああ奇跡という言葉が汚れていく。

「ついに真実の愛を見つけたのね」

粗品と書かれたチラシで股間を隠す全裸のおっさんが祝福してくれる。

「なんだかわからないけどすごかったね」

隣で拍手をしているおまえのほうがよくわからない。

おっさんは俺たちの前にふわりと降り立つと、一枚の書類を差し出した。股間に張り付いている紙じゃなくてよかった。

「もう一つあなたに奇跡をサービスしましょう。あなたの戸籍登録はすませておいたわ。はい、これがあなたの戸籍と簡単な経歴書」

ずいぶんと生々しい奇跡だな。受け取った戸籍の書類には夜乃星月と書いてある。ゲームと同じ名前でいいのか。しかも容姿までそっくりなんだぞ。

「うわーすごいね。至れり尽くせりだね」

穂高は隣でしきりに感心している。少し早まったかもしれん。

「私の出番は残念だけどここまで。あとは若い二人に任せるわ」

いきなりお見合いの仲人《なこうど》みたいなこと言い出した。

「私は願いをかなえる妖精。今日もまた一つの奇跡を生み出してしまったわ」

おっさん妖精は自画自賛しながら回転しつつ空中に浮かび上がり、どこまでも昇っていった。やがておっさんの姿は星のように小さくなり、月の光に吸い込まれるように消えてしまった。

エピローグ

穂高稜《りょう》の朝は、出勤前のゴミ出しから始まる。

最近まではそうだった。しかし最近はそれにくわえて新たな用事が増えてしまった。

「ほら星月、朝だよ。起きなよ」

穂高はそう言って毎朝起こしてくる。

「仕事は午後からだから問題ない」

モデルの仕事を始めて一ヶ月あまり。ようやく昼間の行動にも慣れてきた。

布団の中から手だけ出して追い払うように手を振るが、穂高は容赦ない。起きないと見るやいなや、掛け布団を全部はがしてしまう。

一月の冷気が容赦なく襲いかかり眠気を木っ端微塵《こっぱみじん》に吹き飛ばした。

「ふざけるな。っておい、まだ朝の七時じゃねえか」

「今日はいい朝だから散歩でも行こうと思って」

そう言って穂高はにっこりと笑う。駄目だ。この笑顔に弱い。なんでも言うことを聞きたい気持ちになってしまう。ただし気持ちだけで実行には移さない。俺は釣った魚にはエサをやらないタイプなのだ。

「さあ起きて起きて」

俺が実行に移さない代わりに穂高が強制的に実行に移す。服を無理矢理着せてくる。まあ、昨日こいつが脱がせたんだからこいつが着せるのが道理だ。俺はあくびをしながら着替えが終わるのを待った。なんだかちょっと王様気分だ。

今日の食事当番は穂高だ。二人で生活するのについていくつか決まり事を作ったが、なにより重要視したのは健康だ。外食はひかえできるだけ自炊する。食事当番は交代制だが不幸なことに俺たち二人とも、料理の才能はなかった。このときばかりは五竜を呼びたくなる。

俺はベッドから立ち上がり、少し狭くなった部屋を移動する。

俺の最初のギャラで買ったのはこのダブルベッドだった。

もう少し大きいほうがゆっくり眠れるかと思うのだが、穂高の部屋には大きすぎるのと、

「星月を抱いて寝るんだからちょうどいいよ」

と言ったのでこのサイズになった。

穂高があっけらかんと言ってのけたこのセリフで、女の店員さんが一瞬ビクっとしたあと、すぐにキラキラした目で俺と穂高を見比べ始めた。何を妄想した？　いや、すまん、妄想じゃないか、想像か。しかも本当のことだし。ああ、休み時間も閉店後も俺達の話題で持ちきりだろうな。

「夏になって暑苦しいとか言ったらおまえが床で寝るんだぞ」

「星月はひんやりしてて気持ちいいから大丈夫。イワオとはそこが違うんだよね」

女の店員さんの目がさらに輝いた。これじゃまるで穂高と俺がイワオって男と三角関係みたいじゃないか。言葉選びに気をつけろ。

そのあとも、搬入にきたお兄さんたちに向かって、

「これでゆったり寝られるね」

とにこやかに俺を横にして言ってのけた。男二人はドン引きで、設置が終わると逃げるように去っていった。

恥ずかしくないのかと穂高に問い詰めると、

「抱き枕を抱えて電車に乗るのに比べたら、なんてことないよ」

とあたりまえだがあたりまえでない答えが返ってくる。そうか、平気そうな顔をしてやっぱり平気じゃなかったのか。これくらい許してやろう。

次のギャラで買うものももう決めてある。

穂高の体を包む、暖かいコートだ。柔らかいマフラーもいいな。

でも、手袋だけは買ってやらない。手をつなげなくなるから。

五竜君の秘密

のろけ話ほど退屈なものはない。数ある会話の中でも語り手と聞き手のテンションの差が一番大きいのはこの手の話ではないだろうか。

以前の穂高《ほたか》の会話は実家の妹や飼い犬のことで、正直適当に聞き流せばいい話が多かった。

しかし最近は違う。たとえばこんな感じだ。

「星月《あかり》が初めてのギャラでプレゼントをくれたんだ。なんだと思う？　ダブルベッドなんだよ」

いやあというふうに頭に手を当て照れたように語る。言われたほうの俺は額《ひたい》に手を当てて首を振りたくなる。

以前からもう少し会話の内容を選べと言いたかったが、いまは拡声器で耳元で怒鳴りたい。

穂高と星月が一緒に住んでいるのは周知のこととはいえ、あくまで親戚の居候《いそうろう》としてだ。

二人が恋人同士になったことを知っているのは俺しかいなかった。必然のろけ話の相手は俺だけになる。男同士ののろけ話などたまったものではない。

それでも星月とのことを語る幸せそうな穂高を見ていると、まあいいかと思えてしまう自分はかなり甘い。

今日も穂高が出社してきたとき、服装がいつもと違っていた。いつもの低価格が売りの大手アパレルメーカーのものではなかった。少し値が張るブランドものだ。ともすれば野暮ったい服装になりかねないが、なかなか統一感が出ていてセンスを感じる。つまり穂高だけでは絶対にありえない服装をしている。

しゃべらなくても存在そのものがノロケだ。俺はどうすればいい。

昨日は真新しいコートを着ていた。俺が星月にあげたコートと同じメーカーだ。どうしてとか聞く必要もない。

「あったかいんだ、このコート。おそろいのマフラーももらったんだよ。でも手袋はないってのもいいね」

と意味不明なこともつぶやいていた。

さらにもう一つ困ったことがある。

食事はできるかぎり自分で作るようにしていたが、最近はなぜか作る量が増加していた。いやなぜかじゃない。

「今日はなんだろうね」

「この前みたいな手抜きはやめてくれよ」

図々《ずうずう》しい二人組が頻繁に食事に来るようになった。そのうちの一人は注文が多いからよけいに始末が悪い。

「二人だとちょっと広すぎだけど、三人だと悪くないね」

「俺たちのところはちょっと手狭だからな」

頻繁に来るようになったのはそういう理由らしい。だいたいダブルベッドなんか買うから部屋が狭くなるんだ。

必然、飲み会は俺の部屋に移り、二人では広すぎた部屋も星月が来て三人になると、なんとなくちょうどよくなってしまった。

星月は一ヶ月暮らしていたことも手伝ってか、第二の我が家のようにくつろいでいる。それでもうまそうに食べてくれるのは悪い気がしない。料理は俺の第三の趣味だ。第二は仕事、第一の趣味は別にある。

ある日、俺はずっと疑問に思っていたことを切り出した。

「前々から不思議に思っていたんだけど聞いていいか？」

デリケートな問題かもしれないから聞くのを控えていたが、ここまで図々しいことをされたのなら自分にも聞く権利はあるだろうと結論づけた。

「どうして星月は昼間外に出られるようになったんだ？　紫外線は天敵じゃなかったのか？」

星月は極端に紫外線に弱い。昼間出られないのはそういうわけだと聞いていた。なのに去年の年末あたりから平気で昼間にも外出している。

「アメリカで開発された新薬のおかげで昼間でも出られるようになったんだよ」

穂高のざっくりした説明には星月も苦笑していた。

「じつを言うとな。俺は抱き枕だったんだ。だけど妖精のおっさんに頼んで人間にしてもらった。めでたしめでたしってわけだ」

星月の説明はざっくりどころかからかわれているようにしか思えない。しかしなぜか穂高の説明より納得がいった。だからと言ってとうてい信じるわけにはいかないが。

「ああ、わかった。つまり不問にしろってことだな。わかったよ」

さんざん食べるだけ食べて帰っていく。

「ハイエナのような連中だな」

唯一の救いは洗い物をしてくれるくらいだ。とはいっても全自動の食洗機に放り込むだけの簡単なお仕事だが。

二人が帰った後、マンション内は急に寂しい雰囲気になる。三人だと賑《にぎ》やかだった分、その落差はじつのところ多少なりとも精神的にくるものがあった。

平たく言うとストレスになる。しかしこの程度のストレスなら問題ない。解消法は決まっていた。

以前星月に入るなと言った部屋の前に来ると鍵を開けて中に入った。

そこは俺の一番好きな趣味の部屋だった。

たいていの、いやほとんどすべての人間は、その部屋を見るとひく。

十畳ほどの広さの部屋の壁沿いの棚のガラスケースにずらりと並んでいるのは大小様々なドールだ。男の子もいれば女の子もいる。十数センチの女の子用の着せ替え人形から、60センチ超の本格的な球体関節人形までそろっている。

実は「ときレボ」のキャラをドール化した人形まである。夜乃《よるの》星月とインテリメガネだ。星月と乙女ゲーのキャラの名前が一緒なのは驚いたが、戸籍がないと聞いて納得した。たぶん本名ではなく、外見が似ているからそういう偽名にしたのだろう。

「それともさっき言った話が本当だとかな」

妖精のおっさん。単語としていろいろおかしい。

「今度あいつにも見せてやるかな」

星月ならこの趣味を笑わないでくれる予感がした。ただ夜乃星月のドールを見せたときは嫌な顔をするかもしれないが、それはそれで楽しみである。

部屋の一角にはドールとは違うものが防湿ケースに入って並んでいる。一眼レフと各種レンズだ。

「さてと、今日はどの子を撮影しようか」

手に取ったのはインテリメガネだ。撮影用のミニスタジオにポーズをとらせてドールを置く。ドール用のソファを設置し、コピースタンドのライティングも完了だ。あとは一眼レフをセットして様々な角度から写真を撮るだけだ。

ファインダー越しにドールの瞳と目が合う。このドールのグラスアイは追視といってどこを向いてもこちらに視線を向けてくれる。気の強いキャラのドールのイメージにぴったりで、どの方向から撮っても絵になる。

無心でシャッターを切っていると、ささくれだった心が癒やされていく。

この趣味を笑わなかったのは穂高くらいだ。つきあった女は例外なくひいて別れることになった。

別にいい。しかし変態とか気持ち悪いとか言われるのはまあ許容できるが、なんで「傷ついた」とか「こんな人だったなんて」とか、挙句の果てに「だまされてた」とか泣きながら責められなきゃいけないんだ。女とつきあうのに疲れてもしかたない。

一通り撮影が終了し心が癒やされた後、部屋を出た。

撮影した写真を確認するため、タブレットを持ってリビングのソファに腰掛けようとしたとき、突然窓ガラスが光った。窓の外に何か光源があるのか。しかしここは三十三階だ。そんな光など生まれようもない場所だった。

まぶしい光が収束すると窓の外に信じられないものが見えた。

光るおっさんだ。

レオタードのように体にぴっちりとした服を着て（股間の部分は見るに堪《た》えない状況だ）、まるで羽ばたくように広げた両手を上下させ、つま先はピンと伸びている。

「な、なんだ？」

なぜおっさんが空中に浮いている。ここは地上から100メートル以上ある高層階だ。なぜ光っている。なぜレオタードみたいな服を着ている。いくつものなぜが頭に生まれては消えていく。

呆然《ぼうぜん》と見ていると、

「とぅ！」

まるで特殊部隊の突入みたいにおっさんは窓ガラスを破って中に入ってきた。ただし装備はレオタード。ガラス片が頭に突き刺さり、血がどばどばと流れている。

「私は願いをかなえる妖精」

血まみれのおっさんが猫なで声で語る。いろんな意味でホラーだ。警察に通報すべきだ。

幸い携帯電話はポケットの中にあった。

「ほあたっ！」

携帯を取り出した瞬間、おっさんがすばやく動いた。まるで弾丸のように一直線に近づき、携帯電話をはじき飛ばした。風圧でめくれた前髪の生え際が深いM字になっていた。

「妖精の前ではいかなる科学も効かないのよ」

「いま物理的に壊しただけだろう。妖精とか関係ねえ！」

怒鳴りながら頭の中で何かがひっかかる。妖精、妖精？　つい最近この変態のことをどこかで聞いた気がする。

「あああ、妖精のおっさんか！」

星月が言っていたのはこのことなのか。もしかしてこれは星月がしかけたいたずらなのか。しかしどうやって窓から侵入できる。

「抱き枕の夜乃星月ちゃんを人間にしたのは私の奇跡、私の力、私の功績、私の手柄、私の偉業、私の驚異、私の胸囲は100センチ」

最後のはよくわからないがどうやら自分の力だと言いたいらしい。

「本当に妖精のおっさんなのか？」

ちっと妖精にあるまじき舌打ちをすると、

「妖精よ。おっさんはつかないの」

とドスのきいた声で迫ってくる。

割れた窓から外を見てみる。どこにもおっさんを宙づりにした仕掛けはなかった。そもそも高層階の窓ガラスはちょっとやそっとのことでは割れない。体をぶつけて突入するなど不可能だ。

「まさか本物なのか」

「本物よ。どんな奇跡も起こしてみせる。それがわ・た・し」

最後のウィンクはかなりイラっときた。

「じゃ、じゃあ奇跡を起こしにきたのか」

少しうわずってしまった声が恥ずかしい。抱き枕を人間にできるのならドールも人間にできるに違いない。

いくつかのお気に入りのドールが頭に浮かぶ。

しかし妖精のおっさんは首を振る。

「ノンノン、あなたはイケメン。イケメンに奇跡は起こらないって決まりがあるの」

「は？」

「今日はそれを伝えに来ただけ。じゃあね」

投げキッスをして後ろを向いて窓枠に足をかける。背中にはなぜか「イケメン死すべし」という文字が物騒な書体で書かれていた。

「とぅ！」

妖精のおっさんはそのまま窓の外に身を投げる。

「なっ！」

まさか飛び降り自殺か。慌てて窓の下を見ると、

「あ〜〜れ〜〜〜〜！」

とビブラートを効かせた叫び声をあげる妖精のおっさんが地面に向かって一直線に小さくなっていった。それからまもなくばすんと下で土煙が舞い上がった。

地面に大の字に横たわっていた妖精のおっさんはむくりと起き上がる。

「い、生きてる……」

トリックとかそういうレベルではない。

妖精のおっさんがよろよろと道路の方に出ると、ちょうど通りかかった警官と出くわした。なにか職務質問を受けている。とたん脱兎《だっと》の如《ごと》く逃げ出した。

「待て！」

「待つか馬鹿野郎！」

とうてい妖精とは思えない汚い罵声が聞こえてくる。逃げる妖精のおっさんと追いかける警官は遠くなり、やがて見えなくなってしまった。

忘れよう。これは悪い夢に違いない。そう思って振り返ると目をそむけることのできない現実がそこにあった。

「これ俺が片づけるのか？」

ガラス片がちらばり、血痕《けっこん》がそこかしこにある。まるで殺人現場のようなリビングを見て、俺はうんざりする。

奇跡なんてまっぴらだ。

バレンタイン・デイ

朝、目覚めると、俺はたいていがんじがらめだ。

穂高《ほたか》の腕が俺の体を抱きしめている。たいして力を入れているように見えないのに、多少身じろぎした程度じゃ動かない。本当は起きてるんじゃないか。

苦労して腕をほどくと、今度は足がからみついてくる。ようやく足を引き抜くと、まだのんきな顔で寝ている姿が目に入った。

考えてみれば初めて人間になったとき、こいつのベッドに潜り込むのに蹴飛ばしたんだっけ。それでも起きなかったことを考えれば、多少乱暴に腕の中から抜け出したところで起きないか。

「うーん。むにゃむにゃ」

しかし、むにゃむにゃなんて寝言は限りなく怪しい。やっぱり起きているのにわざと離さない疑惑は消えない。

「もうしばらく寝てろ」

穂高の乱れた前髪を整えながら、しばらく寝顔を見ていたが、どうやら本当に寝ているようだ。

穂高が起きてしまう前にやることがある。台所に行くと音が漏《も》れないようにしっかりドアを閉めた。

「さてと」

棚の奥に隠していた材料を取り出す。チョコレートにホットケーキの素にココアの粉。料理の材料が現われる。もう少し限定して言うならばお菓子作りの材料、さらに厳密に言うならば、手作りチョコレートケーキの材料だ。

今日は二月十四日、いわゆるバレンタイン・デイ。

料理の才能皆無の俺は、買ってすまそうと思っていたのに、そうもいかなくなった。なぜなら部屋には箱いっぱいに「穂高あかりさんへ」とメッセージが添えられた既製品の高級チョコがあふれている。

モデルの仕事を本格的に始めて一ヶ月半。まだ駆け出しだが仕事は順調だった。

事務所の人やカメラマンが驚くほどポージングやウォーキングは難なくこなせた。天性の才能だと褒めてもらえるのは嬉《うれ》しいが、ただ単に、俺は元が二次元、さんざんかっこいいポーズや表情をしてきたからだと思う。というか、そういう表情やポーズしかしたことがなかったし。

ちなみに「穂高あかり」は俺の芸名だ。この名前を考えて、事務所の人に了承してもらってから穂高に伝えたとき、穂高は照れくさそうに、でもすごく嬉しそうに笑ってくれた。

まあ、そんなこんなで、俺のファンという人や周囲の人が、俺にチョコをくれるわけだ。おまけに総務の大雪《おおゆき》さんから義理とはいえ穂高が普通にチョコをもらってきた。五竜《ごりゅう》にいたってはなんの嫌味か、俺と穂高両方に、フランスの超高級チョコレートをくれた。デパ地下のバレンタインフェアのチョコが全部そろったような状態で、同じようなものを穂高にやるわけにはいかない。

残るは手作りしかない。穂高ならどんな悲惨なことになっても絶対に喜んでくれる。だからこそ、まずいものは作れない。

俺は「チョコレートケーキ」「簡単」「失敗しない」「誰でも」「美味《おい》しい」でネットを検索しまくり、これだというレシピに決めた。

それを本当は昨日のうちに作るはずだった。

しかし、あいにく仕事が遅くまでずれ込んだ。くわえて穂高は早めに帰宅してさらに夜更かしまでして、俺のほうが先に寝てしまうという失態をおかしてしまった。

そして今日は土曜日だ。穂高が出社中に作るということもできない。つまり残された時間は早朝しかなかった。

チョコレートとバターを湯煎《ゆせん》で溶かしたところで、冷蔵庫を開ける。しかし、そこにあるはずのものがなかった。

「ない！　卵がない！」

昨日まであった卵が全部なくなっている。たしか六つはあったはずだ。まさか穂高が夜中に食べてしまったのか。でも六つも？

いや、いまはそんなことを考えている場合じゃない。卵がない状況をどう乗り切るかだ。インターネットで調べたレシピ通りにしか作れない。卵を入れなかった場合の味なんてまったく想像できない。問題なくうまいかもしれないが、ありえない味になるかもしれない。そんなもの穂高に渡せない。

時計を見る。始めてからまだ十分しか経《た》っていない。穂高が起きるまでまだ一時間近くあるはずだ。いまから急いで近くのコンビニまで走って往復五分。ぎりぎり間に合うか。

初めて会った夜、穂高に弁当をダッシュで買いに行かせたコンビニまで、俺は走る。往復きっかり五分。こんなに走ったのは生まれて初めてかもしれない。アパートのドアの前で息を整えて、そっと中に入った。

「ああ」

そして絶望的な声を出す。

「なに作ってるの？」

すでに起きていた穂高が、台所の様子を不思議そうに見ていた。

「なにって朝食だよ」

チョコレートやらホットケーキの素やらなにやら、言い訳のしようがない状況を前にしてそれでもとぼけてみせる。穂高ならだまされてくれるかもしれない。いや、さすがにそこまで間が抜けていたらやだな。ジレンマだ。

「ああ、だから卵を買ってきたんだね」

おい、だまされるな。

「おまえが昨日のうちに全部食っちまったから俺が買いに行くはめになるんだ」

「ああ、ごめんね。でも朝からチョコレートはちょっと重たいかな。パンに塗るにしても量が多いよ。ところでさ、今日は何日だっけ？」

にこにこと人畜無害の笑顔で聞いてきた。くそ。最近わかったことだが、実は穂高の性格は悪い。

「土曜日だ」

無駄な抵抗を試みる。

「そうか。そういえば会社休みだったっけ」

「休みだからって夜更かしするのはやめろよ。また倒れたら俺は本当に出て行くぞ」

ほとんど言いがかりだとはわかっていたが、ついムキになってしまう。

「うん、でもしかたないんだ。昨日の夜しか機会はなかったんだから。朝にやると星月《あかり》に気づかれると思ったからね」

穂高はそう言うと食器棚の奥に置いてある箱を引っ張り出し、俺に手渡した。

「僕達って気持ちが通じ合ってると思うんだ」

ある種の予感を感じつつ、箱を開けた。中にあるものを見て驚きと嬉しさが同時にこみ上げてくる。

「だってインターネットで選んだレシピが一緒なんだよ」

箱の中には不格好ながらもたしかに俺がインターネットで探して選んだチョコレートケーキの完成形があった。


「嬉しい？」

正直に言えばめちゃくちゃ嬉しい。しかし素直に言えない自分がいる。

「俺と同じレシピなら使う卵は二個だぞ。残り四個は何に使ったんだ？」

だから違うことを口走ってしまった。ああ、でもたしかに四個の卵はどこに消えたんだ。失敗して作り直したのか。

「割るの失敗したから、焼いて食べちゃった」

割るのを失敗するようなやつが作ったチョコレートケーキなんてものを食べて大丈夫だろうか。世の中には愛だけで越えられないものもある。

「ねえ食べてみてよ。見た目はかっこ悪いけど味は悪くないと思うんだ」

口の中でがりっと硬い感触がする。

「おい、卵の殻が入ってるぞ」

「あ、ごめん。片手で割る練習していたら混じっちゃったのかな」

「なんでそんな練習してるんだ？」

「ひどいな。星月が言ったんじゃないか。片手で卵割れたらかっこいいって。五竜君がやってるのを見てさ。だからがんばったんだよ」

「がんばった結果、殻を食わせるのか」

嫉妬してくれるなら五竜でもなんでも使おうと思うほど嬉しいのは顔に出さない。しかし、味は果てしなく微妙だった。まずくはないがうまくもない。

「まずかった？」

スネた上においしくないと顔に出てしまった俺を見て、穂高の表情が曇る。

俺はチョコレートケーキの塊を手づかみにすると、勢いよく口の中に放り込んだ。

「え、ええ！」

穂高が驚いていている前でチョコレートケーキを全部平らげた。幸い卵の殻は最初の一口だけで、そのあとは食感こそ微妙だが食べることはできた。

「うまいって言えば嘘になるけど、一気に食べたくなるくらいには嬉しかった」

言ってから恥ずかしくなる。穂高は感じ入った顔でじっと俺を見つめていたが、ふいに顔をよせてきて、俺の口の端をぺろりとなめた。

「チョコレートがついてる」

急いで食べたから口のまわりも手もチョコレートでべたべただ。穂高はその一つ一つを丁寧になめとろうとする。

「お、おいやめろ。朝っぱらからなにやってんだよ」

思わず声がうわずってしまった。

「俺のチョコレートケーキはまだ作りかけなんだ」

手を洗い流していると穂高は少しがっかりしているように見えた。


「ねえ同じ物作るのもなんだし、別のバレンタインチョコ作らない？」

「別ってどんな？」

レシピにアレンジを加えるスキルなんて俺たちにはないぞ。

「星月が体にチョコレートを塗って、星月自身がバレンタインチョコレートになるんだ。それを僕が美味しく食べる」

こいつ本当は根は変態なんじゃないか。

俺は無言のまま湯煎で溶けたチョコレートをスプーンですくって穂高の手の甲にのせた。

「うわ、あっつい！　めちゃくちゃ熱いよ。ひどいじゃないか！」

「そのひどいことを俺の全身にやろうとしたのはどこの誰だ」

「ごめん。半分冗談だから」

半分？　俺が追及しようかどうか悩んでいるうちに、

「一緒に作ろうよ。今度こそ失敗しないように」

と穂高が肩を寄せてきた。

二度目だからか穂高の手際は悪くない。二人で台所に並んでチョコレートケーキを作っているると、一人で作っていたときよりも数倍楽しかった。

「こういうのもいいね」

穂高も同じ想いなのか、すごく楽しそうだ。

「それ取って」

「ああ」

抽象的な言い方で意思の疎通がはかれる。そんな些細なことでも幸せを感じてしまう。

ケーキが焼きあがるまで、片づけをしながら他愛のない会話をする。

穂高はコーヒーを淹《い》れてくれ、俺は穂高の寝癖を直して遊ぶ。

いつもの休日の朝と変わらない幸せで穏やかな時間が流れた。

タイマーが鳴って、ケーキができあがった。穂高にとっては二個目の、俺にとっては初めての手作りチョコレートケーキだ。

「今度は完璧だね」

穂高は嬉しそうに言い、

「レシピ通りに作っただけだ」

俺はそっけなく答える。

なぜならこれはレシピ通りじゃない。本当は一つだけアレンジを加えた。と言っても味じゃない。少しだけミルクの量を増やして、チョコレートが溶けやすくなっている。

「俺からのプレゼントだ。ん？　手伝ってもらったから、俺からのじゃないのかな？」

「そんなことないよ。ありがとう」

穂高は嬉しそうにチョコレートケーキをつまんだ。

「すごい美味しい！　でも美味しいけど……」

穂高の口の端からチョコレートがたれている。溶けやすいチョコレートケーキをこぼさず食べるのは難しい。

俺は顔を寄せるとそのままさっき穂高が俺にしたのと同じ事をする。唇のまわりについたチョコレートをなめとった。

チョコレートが完全になくなったあとも、俺たちはたがいの唇をなめあった。

唇が離れると、穂高は上気した顔で言う。

「じゃあ今度は星月が食べてよ」

穂高が指でつまんだチョコレートを口の中に含む。唇と指がしばらく絡《から》み合う。

まだなめきらないうちに、穂高は俺を引っ張り、ベッドに押し倒した。

「一気に食べてくれないのか？」

スネたふりをする俺に、

「ごめんね。もっと美味しそうなものがあるから、がまんできない」

穂高はチョコレートの味のする甘いキスをしてきた。

あとがき

はじめまして、葉山なつと申します。

かれこれ十年以上文筆業を続けてきて、このたび念願だったBLの書き下ろしを出せることになりました。

キャララフがきて、カバーイラストがきて、デザインが決まり……と、だんだん本の形になっている真っ最中で、うれしくて小躍りしている状態です。


さて、この「恋人は抱き枕」のプロットを書いていたのは、ちょうど七月の下旬から八月頃で、スーパームーンとペルセウス座流星群が話題になっていました。

十二月刊行を目指していたので、ラストはクリスマスにしよう、というのも決めていましたが、最初から決まっていたのは、夏に始まり、クリスマスに終わる、くらいでした。

その後、プロットにＯＫをいただき書き始めて、物語の中も現実の季節も移り変わっていくわけですが、書き終わってふと、十二月二十五日は何曜日だろう？　と思ったら作中と同じく平日で、その後、短編のバレンタイン・デイを書いたら、来年のバレンタインも作中と同じ土曜日でした。

偶然がここまで重なると、なんとなく星月と穂高も実際にどこかにいそうな気がしてきます。

そういえば、表紙にちりばめられているお星様と月。皆様お気づきでしょうか。これはデザイナー様が、夜乃星月の名前にちなんでくださったそうで、月がひとつだけなのは、天空で星は数多、月は一つだけ、だからだそうです。

なんてロマンティックなんでしょう。デザイナーのchiaki-k様、ありがとうございます。

そして素晴らしいイラストを描いてくださった麻々原絵里依様。キャララフも、泣く泣く選べなかった他の表紙案ラフも、私のこの駄文をはぶいて全部ここに載せたいです。

星月も穂高も五竜もみんな魅力的で、無表情のはずの抱き枕の星月まで表情豊かに見えるってもう、イラストレーターさんとはどんな魔法使いなのでしょうか。

とりあえず私はいつも見ていたいので、今は携帯の待ち受けに口絵を、ＰＣは表紙を壁紙にして、ニヤニヤしています。

「ロマンティックコメディ」のつもりが「コメディの中にロマンティック少し」になってしまった気がしなくもないですが、イラストと装丁のおかげでファーストクラス並みのアップグレードになりました。感謝してもしきれません。

感謝といえば、私のいい加減な設定や文章を丁寧に直してくださった校閲様。

きっかけをくださった三枝様、チャンスをくださった担当の岡本様。営業部の方々や書店様。

この本にかかわってくださったすべての方に、この場を借りて心からお礼を申し上げます。

そして。

なによりこの本を手にってくださった読者の皆様に。

いかがだったでしょうか。すごくドキドキしていますが……。

「面白かった！」と思っていただけたら、とてもとても嬉しいです。

２０１４年11月

葉山　なつ

✦初出　恋人は抱き枕……………………書き下ろし
五竜君の秘密……………………書き下ろし
バレンタイン・デイ……………書き下ろし

葉山なつ先生、麻々原絵里依先生へのお便り、本作品に関するご意見、ご感想などは
〒151-0051 東京都渋谷区千駄ヶ谷 4-9-7
幻冬舎コミックス　ルチル文庫「恋人は抱き枕」係まで。

幻冬舎ルチル文庫
恋人は抱き枕

2014年12月20日　第1刷発行

✦著者	葉山なつ　はやま なつ
✦発行人	伊藤嘉彦
✦発行元	株式会社 幻冬舎コミックス 〒151-0051 東京都渋谷区千駄ヶ谷 4-9-7 電話 03(5411)6431［編集］
✦発売元	株式会社 幻冬舎 〒151-0051 東京都渋谷区千駄ヶ谷 4-9-7 電話 03(5411)6222［営業］ 振替 00120-8-767643
✦印刷・製本所	中央精版印刷株式会社

✦検印廃止

ISBN978-4-344-83312-8　C0193　Printed in Japan

「幻冬舎ルチル文庫」

大好評発売中

「お父さんが恋したら」

御堂なな子　イラスト▼金ひかる

設計士の高遠怜司は、血が繋がっていないけれど最愛の娘と二人暮らし。娘から、友人のエリート銀行員・橘川直哉を紹介されるが、彼は突然怜司に交際を申し込んできて――!? 動揺した怜司は断って逃げ出すが、年下なのに自分を甘やかそうとし、辛いときには寄り添ってくれる直哉に、娘の想い人なのではと葛藤しながらも惹かれていき……。

本体価格580円＋税

「公爵は愛妻を攫《さら》う」

間之あまの　イラスト▼穂波ゆきね

ある事情から大店の呉服問屋・伊勢屋の『娘』として育てられた楓は、反物を届けに行った先で公爵家の跡継ぎ・東笙院清雅に見初められる。恋などすることなく一生を終えるのだと思っていた楓だったが、清雅と逢瀬を重ね、人柄を知るにつれ惹かれてしまう。しかし、秘密を打ち明けられない楓は、清雅からの求婚を受けることができなくて……。

本体価格600円＋税

発行●幻冬舎コミックス　発売●幻冬舎